雨花忠魂

雨花英烈系列纪实文学

成贻宾烈士传

周荣池 著

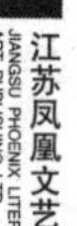

江苏凤凰文艺出版社
JIANGSU PHOENIX LITERATURE AND ART PUBLISHING, LTD

图书在版编目（CIP）数据

新生：成贻宾烈士传 / 周荣池著. — 南京：江苏凤凰文艺出版社，2018.10（2023.5重印）
（雨花忠魂. 雨花英烈系列纪实文学）
ISBN 978-7-5594-2911-7

Ⅰ. ①新… Ⅱ. ①周… Ⅲ. ①纪实文学－中国－当代
Ⅳ. ① I25

中国版本图书馆 CIP 数据核字 (2018) 第 213240 号

新生：成贻宾烈士传

周荣池 著

出 版 人	张在健
责任编辑	黄孝阳　傅一岑
封面设计	马海云
责任印制	刘　巍
出版发行	江苏凤凰文艺出版社
	南京市中央路 165 号，邮编：210009
网　　址	http://www.jswenyi.com
印　　刷	阳谷毕升印务有限公司
开　　本	880 毫米 × 1230 毫米　1/32
印　　张	5.875
字　　数	156 千字
版　　次	2018 年 10 月第 1 版
印　　次	2023 年 5 月第 4 次印刷
书　　号	ISBN 978-7-5594-2911-7
定　　价	30.00 元

“雨花忠魂·雨花英烈系列纪实文学”
丛书编委会名单

万里长空且为忠魂舞

中共江苏省委书记　娄勤俭

天地英雄气，千秋尚凛然。雨花台，这片深深浸染着英烈鲜血的山岗，曾见证了几代仁人志士信仰至上、慨然担当的英雄壮举，也铭记着无数革命先烈舍身为民、矢志兴邦的不朽事迹。在这里，彪炳日月、名垂青史的革命烈士就有1519人；也是在这里，还有更多鲜为人知的英烈故事，无法铭刻于碑文，没有见诸史册，像一粒粒晶莹的雨花石，深埋在雨花台殷红的泥土里。理想之光不灭，信念之光不灭。英烈们的背影虽然早已远逝，但他们的集体“影像”已定格在永恒的瞬间，那就是义无反顾、慷慨赴死，前赴后继、为国捐躯，用热血和生命铸就了信仰丰碑，在血与火的洗礼中撑起了民族脊梁，谱写出一部又一部壮怀激烈、气吞山河的“英雄交响曲”。

英雄是旗帜，革命英雄是民族的共同记忆。习近平总书记指出：“对中华民族的英雄，要心怀崇敬，浓墨重彩记录英雄、塑造英雄，让英雄在文艺作品中得到传扬，引导人民树立正确的历史观、民族观、国家观、文化观。”为缅怀英烈伟绩、弘扬崇高风范，培育和践行社会主义核心价值观，培养爱国主义、集体主义精神和社会主义道德风尚，江苏省委宣传部、江苏省作家协会组织创作了《雨花忠魂·雨花英烈系列纪实文学》丛书，以文字、文学、文化的形式，讲述英烈的感人故事，表现英烈的高尚情操，诠释英烈的不朽精神。邓演达、贺瑞麟、石璞、刘亚生、吴振鹏、许包野……这一个个闪亮耀眼的名字，如同一座座高耸入云的丰碑，始终矗立在一代代共产党人的灵魂深处。这套丛书，为更好地传承弘扬“雨花英烈精神”提供了生动教材，也为教育党员干部走进历史、追寻英烈，激励党员干部不忘初心、牢记使命，永葆革命本色提供了精神之“钙”。

英烈风骨犹存、感召后人；历史启迪心灵、照亮未来。牺牲在雨花台的我党早期领导人恽代英曾说：“我们吃尽苦中苦，而我们的后一代则可以享到福中福。为了最崇高的理想——共产主义，我们是舍得付出一切代价的。”可以告慰雨花英烈的是，经过近七十年的不懈奋斗，近代以后久经磨难的中华民族，迎来了从站起来、富起来到强起来的伟大飞跃，一幅国家富强、人民幸福、民族复兴的壮美图景正在祖国大地上全面展开。

与伟大祖国历史进程同步伐，江苏发展站到了新的起点上。深入贯彻习近平新时代中国特色社会主义思想，努力把习近平总书记为我们描绘的“强富美高”新江苏蓝图化为美好现实，推动高质量发展走在前列，迫切需要我们传承红色基因，用好红色资源，学习雨花英烈的崇高理想信念、高尚道德情操和为民牺牲的大无畏精神，不忘初心，砥砺前行。我们缅怀革命先烈，就要从前辈先贤身上汲取养分和力量，让他们曾经的牺牲和付出，成为今天前进的动力源泉，砥砺我们以永不懈怠的精神状态推进改革再深入、实践再创新、工作再抓实；我们讴歌革命先烈，就要用“雨花英烈精神”，激励全省人民更加主动担当新使命，意气风发创造新未来，不断开辟新时代中国特色社会主义在江苏实践的新境界。这，正是我们对革命先烈最好的礼敬与告慰。

沧海横流，英雄显本色；落花如雨，正气贯长虹。“万里长空且为忠魂舞”，“雨花英烈精神”必将长留在时光的长河和人民的记忆中。

是为序。

目 录

第一章 出身书香

六角亭下，梅雨连绵。

六角亭在氾水镇西首东堤畔。氾水地属宝应县。运河在宝应穿境而过，氾水南接高邮古镇界首，卧丁人运河东堤之下。这地方叫作氾水，名字有些来历。宋代之前邵伯至宝应里运河沿线并无大堤，运河是由断续的湖道构成的，船只多从湖道中穿行。但是自南宋高宗建炎二年(1128年)黄河夺泗夺淮之后，淮河失去入海水道，在盱眙以东蓄水，使原来的浅水小湖渐成大湖。原洪泽浦汇集成为大湖洪泽湖，沿运河南下的原诸多小湖汇而成为邵伯湖、高邮湖(新开湖)、氾光湖诸湖。这些湖多为悬湖，湖面多比运河东堤以下高出许多。因此一遇洪水季节，便经常发生水灾。氾水镇隔运河之西南就是氾光湖。氾光湖东西长三十里，南北阔十里，湖面宽阔，明以前为漕运必经之地，因风大浪高漕船常遭漂没。明代河湖分隔工程使运河航道逐渐渠化，河道得以固定，漕船从此不在湖中航行，安全有了保障。运河东堤亦为沿线城镇的繁荣发展创造了条件，氾水镇由此诞生。它既因地靠氾光湖，亦因在历史上多水而得名。因为“氾”者还有“泛滥”的意思。

作为宝应县之南大门，氾水是里下河腹地的一处旧地，自古就有金氾水之称。这地方两县交界不过是行政上的区划所致，其实各式民风乡情一样，所以有“金氾水，银宝应，铜打的高邮，铁做的界首”这样的民谣。氾水镇肇源于汉末，始建于唐，后又重建于明初。明清运河繁忙的漕运必经氾水，其交通十分便利，商贾云集，经济发达，集镇规模不断增大。历朝商旅骚客经过此地总叹其富庶繁华盛景，留下诸多吟咏，如王士祯就有长诗《过氾光湖怀古》：

鸣呼正德中，嬖竖黩皇纲。华容既遐谪，刘谢成高翔。谈笑诛刑余，台阁资文襄。逆濠睨神器，弄兵下鄱阳。势异北平顺，迹同吴濞狂。桓桓文成公，将帅皆龙骧。义旗出章贡，狡童旋已亡。如何万乘尊，南巡来建康？罗绮照红水，姝丽倾淮扬。谁赓白云谣，载咏黄竹章。兹湖两驻跸，名因翠华长。龙舸与凤艒，乐哉方未央。胶舟古所戒，遗恨怜昭王。事往二百年，寒波但菰蒋。月暗津鼓急，枫落渔灯惊，缅怀豫且叹，吊古重悲伤。至今泰陵树，松柏无斧斨。

诗歌虽然是有些缥缈的事物，但恰恰是最有生命力的存在，多少楼台亭阁英雄豪杰都被风吹雨打去，古书旧纸上几句诗文却能千古流传而打动人心。不过今天成时清在六角亭边下车来，沉思良久，背诵这首小时候先生教给自己的长诗，不是为了怀古之情，而是颇有些伤情的意味。他伤情的是自己从镇江理化讲习所毕业之后，虽然想深造，但是因为想到家中寡母，门衰祚薄而不能远离，于是决然回乡来。成时清于1888年出生在汜水镇一户地主家中，六岁就读私塾共十二年，十八岁应童子试，此时科举停开，后去镇江理化讲习所学习。

他回乡来多少是有些伤情的，对自己的前途也很是迷茫。加上这梅雨季节的雨也是恼人，不禁加重了人的悲情，于是坐下来低声地吟哦这首怀古的诗歌来——虽然和自己的遭际并不完全相符，但总是可以借此抒发一些伤感情怀。梅雨季节的水乡到处是水，每一个角落都是湿漉漉的，连人的心里都是失落的。他站在六角亭中远望这个古镇，那些青灰色的屋脊像是母亲苍老的脸色，默默无言而又满怀心思。汜水镇的布局是以东西向的大小巷口为主要街道，与南北向的大运河、下河组成了平行的两个商业区。巷子两边有笔店、药店、茶食店、银匠店、染坊、磨坊、豆腐坊、酱醋坊等，五花八门，应有尽有。巷子东首与下河相交，河上有桥三座，分别叫迎秀桥、三元桥、聚园桥。下河两边也是商铺店面，整齐的石驳岸和沿河垂杨柳更增小城秀色，真是“下河两岸店铺陈，河中划子叫卖声”：身着蓝花布大襟衣的小媳妇，挑动活窗，脆声买香粉；老头儿长袍布衫，扔钱上船，岸旁买旱烟，就像是一幅水乡风俗画，所谓“古镇闲地少，砖桥小巷多”。下河形成了小镇的格局，也养育了两岸的子民，两岸物阜民丰，生活富足。不过这些年时移世易，战乱频仍，百姓的生活也发生了巨大的变化，古镇终于也慢慢抵抗不住时间的忘却，成为古旧甚至苍老衰落的角落。

成时清家曾是富庶人家，如今也如这小镇一样，慢慢没落了。他从六角亭下来，往东走不远，过了下河上的桥，下河就像是水街，两岸商铺林立。过了桥往南走往六角门去，六角门的巷子口向东不远就是他的家。这个地方他就是闭着眼睛也是能摸到的，不过今天的脚步有些缓慢而凝重，他不知道这番回来怎么和母亲说自己不想上学的事情。他才走到巷子口，帮佣大姐姐就一眼看见，叫了起来：“大少爷回来了，大少爷回来了！”一听这话大家都出来，邻里们也都知道，这条街上的大少爷没有其他人，就是这成时清。成时清的父亲兄弟二人，叔父并没有子嗣，按照当地的风俗，他“兼祧”继承了叔父的遗产，也就成了这个家中唯一的大少爷。不过成时清的父亲去世之后，家里的境况也日渐地衰微。这帮佣的大姐姐姓刘，成时清从小就叫她刘二姐。这刘二姐是附近柳堡人，长得非常地标致，很早就来成家做帮佣。说是帮佣，其实是和家里人一样的亲戚，主要是帮家里料理料理，管管事情，并没有多少重活要做，所以既是用人又是管家，还是他们的家人。成时清的母亲听说孩子回来，连忙从自己的屋子里走到院门口来。成家的屋子门面看起来并不张扬，但是进院门之后几进房子还是很宽绰的。主仆家眷各样住房不同，也是有些讲究的。虽然成时清出去上学了，但是书房和卧室都有人打理。

母亲引儿子进门，家里也热闹起来。最近这梅雨的天气也真是恼人，下得人心烦意乱。成时清回来自然让冷清的家里热闹起来。刘二姐赶紧张罗人去街上买菜，这大少爷并不讲究吃喝，但是单单好一种卤菜。氾水镇上很多人家做卤菜，但是朱家的最为正宗，大少爷最喜欢吃的是朱家的素鸡，这也是远近闻名的。氾水素鸡据说是起源于宋朝，有李氏厨师将百叶制成多种食品，其中就有素鸡，当时称为“素大肠”。到清代晚期，氾水厨师朱正在当时素大肠的基础上，加入了多种天然植物香料，经过很多次的试验，终于制作出了“氾水素鸡”。此品一经推出，深受远近人们的厚爱，朱氏将其视为不传之秘，一直流传至今。

所谓素鸡，是豆制品压制而成，取鸡肉名乃是因其细嫩，也是对贫困生活的一种安慰，是一种苦中作乐的哲学。不过这苦中作乐、素菜荤名倒也确实是名不虚传，切成小片的素鸡拌上卤菜摊上必备的鹅汤，味道更是一绝，下酒下饭都是美味。成时清很小的时候就喜欢这个味道。父亲在世的时候，每每切一碗回来，桌上有几个蔬菜加上咸鸭蛋，傍晚时分倒点酒坐下来一口口地自饮。成时清吃着韭菜汤泡饭，再吃这素鸡真如鸡肉一般鲜美，他见父亲挟一筷子咬一口又放在一边，细细咀嚼之后喝上一口，那种自在真是乐趣无穷。

如今父亲离他们而去，美味有时候也不是滋味。不过久出还乡回来，刘二姐安排人去买这卤味，也算是非常温暖的。母亲亲自和用人在厨下忙着晚饭。如今成家不如以往殷实，主仆之间也没有那么多的讲究，帮佣也少了好几个，剩下的几个老人早就过成家里人一样难舍难分了。况且孩子外出求学归来，母亲忙几样饭菜也是应该的。

吃饭的时候，成时清就和母亲说到了上学的事情。他知道现在家道中落，自己在外上学难以为继，况且家中如果一直没有经济来源，靠着吃老本的打算，这看来不是长久之计。他的打算是不再读书，回来找个营生可以养家糊口，支撑起这个家。这个想法刚告诉母亲，老人家的脸色立马阴沉下来，看来她是不同意成时清的想法的。对成时清而言，他又何尝想回到这下河边上的地方来？他在外面读书见了不少世面，知道大城市的机会和好处，可是想想老母年迈故土难离，他终于还是下决心回来了。

但是老人家的意思也非常地坚决，她叹了口气说：“用你父亲的话说，我们现在的家庭是‘门衰祚薄’，然而正是最艰苦的日子才不能放弃读书。你七岁时，你父亲离开我们，留下这衰微的门庭和几十亩的薄田，可他有一句话最要紧，就是希望你能够继承成家的书香传统，到什么时候也不能忘记读书二字，读书才是明理的正路！”母亲这番话说过之后，成时清也不再说什么，眼泪在眼眶里打转，哽咽着咽下那素鸡，那味水并没有变化，只不过今天吃起来有些苦味。他看见母亲黯然而又坚定的神情，知道现在说什么也没有用了。

回家之后的成时清暂时安顿下来，暑假也确实没有地方可去。正好趁着这段时间，母亲又为其操办了婚事。他的未婚妻严相清也是镇上大户人家的女儿，算是门当户对的亲事，一早就定的娃娃亲。那时候，成时清的父亲看着两个小孩子两小无猜的样子，就满意地微笑。不想到天不假年，父亲很早就撒手而去。留下的遗言一是希望他们不要忘记读书的本业，另外是与严家的亲事不要悔了，不要辜负人家的好意。那时候成时清哪里懂得这些，不过长大之后也并没有因为上学就丢下了这门亲事。这姑娘家境虽然不错，小时候也读过几年书，不过到底是下河人家，时间不长就不再读书了。这在当时当地也不是什么稀奇的事情。成时清出去读书时，严氏也来相送，过时过节也来成家送点礼物看望老人。平时她依旧住在自己家里，但这镇上都知道她是成家未来的少奶奶，只不过是时间早晚的问题。到了成家相比以前不再那么富裕之后，也有人去严家提亲——人家都劝说这是娃娃亲，基本就是小孩子过家家的事情，没有什么好当真的；再说现在的成家是一年不如一年，这么好的女孩子还怕找不到人家？不过严家的长辈也还是老实人家，既然是早就定好的亲，成家也并没有提出悔婚，这事情自然不能做儿戏的。再说，当地有句话叫作“买猪不买圈”，他们看中的是孩子的人品好，哪里能人家家里条件不好了就轻易悔婚了呢？其实严家对于成家这门婚事是一百个满意的，成时清长得好看，又在外面读书见过世面，再说瘦死的骆驼比马大，成家的日子再难过也不至于没有米下锅。说到成时清到外面读书，又有媒婆来到严相清面前来做文章，说这成时清在外面读书，花花世界看得也是多了，哪里还记得你这个土财主的女儿。不过外人说的这些话都不能动摇严家的决心，这对于成家来说也是令他们感恩戴德的。

严家也是讲究人家，严老爷不是一般的土地主，不仅识文断字，还特别通情达理，平素在家看看古书，还有个特别的爱好就是唱戏，特别是喜欢听京剧，时不时也会唱上几嗓子。镇上有戏班子来，他必然是第一个去探看，跟人家学习交流唱戏的事情。有一回下河著名的戏班子名角颜大花脸来汜水唱戏，严老爷把他请回去吃住，认真学习唱戏的功夫。颜大花脸觉得这老爷虽然没有正经学过，但确实有些天分，加上名家这么一点拨，就更加像模像样。不过镇上听戏的人有，唱戏的人不多，他倒也觉得非常寂寞。这个年头大家饭都吃不饱，到处忙着去讨生活，哪里还有什么闲情逸致去唱戏？也只有这样的老爷，一个人在家里唱，虽然是动听，但是时间长了就让人听出孤独与苍凉来。

恰好是八九月间，两家人一商量就把孩子的婚事给办了。办了婚事之后，成时清以为这下可以有借口不再外出，可是母亲的心意是坚决的，不读书是不行的，不管日子是多么地艰难，读书这条路一定要走下去。大丈夫也成家立业，但是不能为儿女私情所困，他必须早点走出去。老太太心里也有自己的打算，大概几个月半年严氏就能够怀上孩子，到时必须把儿子“赶出去”，这读书可是头一等大事。

在家休息的日子里，成时清一边读书温习，一边写信与在外的同学师长联系，看看战乱纷飞的世界还有什么书可以读。到了秋天，成时清上学的事情依旧没有什么眉目，母亲知道他是故意不肯出去上学，放不下这家里的事情。秋收之后有了些收入，母亲再次和他谈上学的事情，成时清只是说眼下没有合适的地方可去。母亲知道他担心家里的收入，便将秋收的钱放在成时清的面前，命他去读书。成时清知道母亲的心意，只得再次背上行囊离开了这下河边的小镇。母亲哪里舍得自己的孩子远走他乡，不过是为了他以后的前程——她知道守在运河边的小城到底不是什么好出路，所以只有走出去才有希望。母亲的举动也感动了邻里，人家也对这个有些狠心的女人由衷地感佩。有人背地里说：“你别看她这时候赶走了孩子，以后享福的日子多着呢，这心狠得是有道理的。”不过话虽然是这么说，但能做到这样也委实是不容易的。

成时清并没有什么地方可去，只能去有一个远房亲戚在的镇江。他在镇江上过学，到底有些着落。就这样辗转腾挪四处想办法，最后经人介绍报考了扬州两淮师范学堂。扬州与镇江隔江相望并不遥远，这样他就过了江去报考。以他的才学考试并不为难，考上之后成时清又回到氾水向母亲报告境况，这才让家人安下心来。氾水所属的宝应县在扬州的底下，虽然氾水远在北乡，但到底并不算遥远，一条运河就联系了南北，坐船乘车到扬州都要沿着运河南下，这河倒成了母子间相守的纽带。母亲经常到六角亭的码头边去看看，哪怕是并没有得到孩子要回来的消息，但总感觉有自己孩子的身影，她记得孩子从这个码头走的，也必将从这个码头归来。

其实，同样总去码头边相望的还有成时清的妻儿。这几年的时光，他虽然逢到假期就回来看看妻子和儿子，但毕竟是聚少离多。他也和他们许下心愿，到他学成的时候在城里找到工作，就接他们一起去城里住。可是谁知道世界变化那么快，这科举不考了，皇帝也坐不安稳了，在外面上学到处都是不好的消息，想来还是那汜水小镇好。他好像不管过多久回家，只是觉得孩子长大了一点，母亲的白发多了一点，除此好像没有任何变化。这座运河小镇虽然是在交通要道，但是一切仍然像是桃花源一样地安静，这就让在外面感觉动荡不安的人想着回家。也许回家才是最好的出路。

这年已经是1911年。这一年天有异象，是历史上出伏最迟的一年，7月19日入伏，8月28日出伏。这一年还发生了一件大事，就是中国两千多年的封建帝制被推翻了。大家都议论着这天下到底是变了，一切都变了。但是对于百姓来说，他们并不十分关心有没有皇帝或者说谁来做皇帝，他们关心的是自己的肚子能够吃饱了，这才是他们第一重要的事情。对于曾经衣食无忧的成家来说，现在吃饱肚子竟然也是一件不得不考虑的事情了。

这一年成时清在扬州四年学成毕业。到底是有了底气，大家都不再叫他大少爷，而是改称大先生。大先生回乡来也是为孩子，他之前在母亲的操持下成了家，还有了孩子，这时候回乡来任教，既可以谋生，又可以照顾妻儿家庭。母亲大概也听说了一些外面的情况，看着小夫妻两个聚少离多，孩子也一天天地大了，而且成时清也算是学成归来，也就不再勉强他一定要在外面打拼。以他的学历和学问，在当地找个教书的职位也并不是什么难事，虽然不是什么显赫的职位，但到底还是体面的。这样一直在外求学的成时清总算是落脚了，他这才感觉到生活有了安定温暖的意味。虽然有人说他一肚子的学问窝在这下河边的氾水镇上可惜了，但是他倒也安然——这世界依然是兵荒马乱的，到哪里也是不得安身，不如在家门口教书读书安心。他的恬然心趣也如这下河的河流，安然地守护这贫瘠的土地，内心却非常地丰盈。真像是离这氾水不远的兴化人郑板桥所言，“任尔东西南北风”，守得住清贫和寂寞，在哪里都是平安幸福。

可这在成时清来讲又是有些矛盾的，当年母亲是说什么也要自己离开这地方出去读书，现在自己学成归来却固守田园享受耕读之乐。可是到了自己下一代的身上，他依旧是和母亲的想法一样，坚决是要他们出去读书，他也认为读书是走向世界的唯一出路。就这样，成时清的长子成贻典在父亲的催促之下走出了六角亭，离开了这偏安一隅的下河镇，走到长辈们向往的“外面的世界”里去了。

成家人坚决让孩子外出读书的事，在这氾水小镇已经有点名气了。

成时清回乡做了十二年教师，生活虽然清贫但还算安静，唯有痛苦的是生了脚患，疼痛得不能走路，几乎要成为残疾人。他倒是能够自我安慰，说：“我这叫‘无福之人害嘴，有福之人害腿’，我害腿是说明我有福气，上天大概也是暗示我安心在这氾水镇上终了一生，岂不也是很好的安排……”当然他这话说得轻巧，对于一家子过日子来说，不能有两样人：一个是不能有罪人，二是不能有病人，否则这日子哪里能过得安生呢？因为脚患，他已经不便去学校上课，赋闲在家一段时间，总也不是个事情，便拿出不多的积蓄与人集资开办了一家砻坊。这砻坊就是给粮食蜕皮，这个营生和成时清的学问是没有任何关系的，不过为了养家糊口也没有办法。他做个现成掌柜管事，体力活有人照应，家里的老伙计都来帮忙。那刘二姐眼快手勤做事爽利，生意做起来有模有样。可是，光是人好似乎也不行，生意不如人意，开了两年尽是亏本的买卖，投进去的本钱都没有能回来。

严氏到了成家没有过几天安生的日子，先是新婚不久的离别，然后是独守家中的孕期，就连孩子降生时，成时清都不在家中。后来好不容易盼到丈夫回来，可是工作生活种种不容易，加上他得了脚患，又无奈回家开门做生意，却依旧不如意。日子过得紧巴巴的，虽然自己的娘家是个富户，但是“把出门的女儿，泼出门的水”，不能总是去娘家伸手，严家还有儿子，虽然是嫡亲兄弟，但到底是出了门的，平时只能救急不能帮穷的。严家的大小姐面对这现实也只有无奈地接受，虽然说没有一个女人愿意变得坚强，但是生活的重担压下来只有面对，小姐的架子总是要放下来的。于是，小姐就变成了主妇，变成了当家的。严家的小姐本也不是那种好吃懒做拈轻怕重的人，所以结婚几年下来也就成了家里的一把好手，什么事情都拿得起放得下。生活的压力虽然说是动力，但是对于一个柔弱女子而言毕竟是重担，她这大小姐也没有做几天安生的少奶奶。就在这些日子里，严相清倒是学会了一个不太好的习惯，那就是抽起洋烟来。成时清也能理解妻子的压力，她并不是堕落至此，而确实是需要排解心中的压力。严相清的烟抽得不多，抽烟的姿势也很优雅，且并不在大庭广众下抽，只有人少的时候才在屋子里点一根，大家看起来也不那么难看。其时，在氾水小镇上抽洋烟的人不少，而且女子抽烟也不罕见，这一点倒是有一点“平等”的意味了。

日子一筹莫展。尽管如此，成时清依旧谨遵母亲的教导，始终把书香放在家庭和事业的第一位，决意让子女弃农读书。昂贵的学费怎么筹措？他的办法是“卖田读书”！这在氾水镇又是惊世骇俗，“家有良田千亩”是农村各个阶层的美梦，而且科举已经废除，读书不能授官，“卖田读书”的壮举，被乡邻讥笑为“败家子”。但是，成时清不管这些议论，他知道不管别人怎么说，只有自己坚持下去才是正道。他写信给在外读书的成贻典，告诉他家里的情况不用担心，在外读书虽要勤俭但也不必刻薄自己，一切以读书上进为要。在外的孩子算是争气，学业一直很是优秀，成时清省吃俭用供其学费生活费，从不在他面前提一个为难的字。至于卖田的事情更是只字未提。

此时外面的世界已经风云变幻，1927 年的中国不再是像小小氾水镇一样宁静安然，到处是革命浪潮席卷大地。成贻典在外求学学的是理工，却被这席卷的革命形势所感染，成为一个向往进步并为之努力的青年。这一点成贻典也没有向家中说一个字，他知道那个宁静的小镇不能理解自己的选择，就是父亲读了多年的书也未必支持自己的行动，在乡间人看来活在世上最重要的是吃饱肚皮而不要惹是生非，什么革命在他们看来都是造反，造反是要掉脑袋的，这样的事情是万万做不得的。为了脑袋上的嘴巴吃饭而掉脑袋的事情，怎么说也都是不划算的，所以保住脑袋才是最重要的道理。

这到底是小镇的落后与封闭。成时清在外面接触过一些新事物，他对于世界的认识虽然不像这些镇上的百姓一样保守，但是久而久之他也终于变得安于现状，尤其是这脚患让他像是心灵上有了枷锁，不想再去更远的地方甚至不愿意走出家门。然而成贻典读书，接受了新思想，心里的世界越发地大了。他离开汜水的时候父母叮嘱他好生读书，以后兴旺成家的门户，将过去的家世辉煌给找回来。他带着这样的家族重任走出了汜水，读了许多年的书后才发现，比兴旺自己家族门庭更重要的事情是光复这个国家，他觉得男儿何患无家，应该忧国忧民，不然自己读这么多书只是为了回汜水镇娶妻生子兴旺家庭的话，那么直接回家去做点生意更加直截了当，还读书做什么呢？既然自己读了这么多的书，了解了世界的变化，就应该做出更大的一番事业来。再说就是读古书，大多数的诗人也是把国家放在第一位的，范仲淹不是说过“先天下之忧而忧，后天下之乐而乐”的话嘛。幼时读书，父亲就给成贻典讲范仲淹修堤的故事，一介书生不甘心做闲官而主导修捍海大坝，在汜水不远的射阳湖上留下诗章，也留下了令后世为之追慕的风尚。

1925 年下半年，成贻典在扬州由恽代英介绍加入了国民党。1927 年 4 月 7 日，国民党江都县党部组建县总工会筹备处，成贻典担任主任。1927 年 5 月 13 日，国民革命军东路军前敌总指挥部政治部主任陈群发出第 672 号令，“厉行清党”，命令交通大学将“反动分子逐一审查，驱逐出校，免碍革命工作之进行，而保地方之治安”，随令附“反动学生名单一纸”，上列十二名“CY之重要分子”（CY即共青团）——史鹏展、周志初、王星垣、王师穆、肖之谦、徐树勋、徐（涂）介清、谢松元、姚剑初、蒋寿庭等，以及八名“次要分子”——王世俊、成贻典、刘调中、魏兆淇、唐永济、周宝瑛、周宝琮、陆亘一。交通大学当时的负责人李范一随即通函相关学生：“迅速切实自备声明书，声叙并未跨党，或从前曾入共产党者已于某时退出；更须声明此后潜心肄业，决不有所活动。”交通大学一些党团员被勒令驱逐出校，党团活动被迫中断，史鹏展竟被暗杀。

这时候的成贻典才知道革命斗争形势的严峻，因为形势所迫自己也只有暂时小心行事，认真读书研究专业。而远在乡间的成时清并不是一点也不了解情况，一名在县府工作的好友，过一段时间总是带些报刊来给他读。这位朋友了解成时清满肚子的经纶学问，只不过是如龙困浅水无可奈何，带些旧报纸来让他看看一是可以了解些旧消息，二是让他来消磨时光。他静养了一些日子，腿脚稍微好一点，但因为没有什么生机，日子依旧是捉襟见肘。成贻典之后，成时清又有了两个孩子，一个是二女儿成贻淑，一个是小儿子成贻奂，这两个孩子出生之后家里多了许多的欢乐，但是孩子是“愁养不愁长”，看着个子不断地长高，吃饭穿衣都是不小的开销，这对于现在的成家来说也是不得不考虑的事情。成时清想着自己静养了一段时间，也在报纸上了解了一些外界的形势，便盘算着谋生的事情。这时候的汜水也不再是一片安静，他想着到哪里都是乱，有个营生才是个办法。人的思想也是随着形势的变化而波动的，况且是一个读了很多年书的人，总是想着改变生活和自己的。

这天成时清读到报纸上关于交通大学的信息，他就格外地关注。虽然没有看到自己儿子的情况，但是毕竟有所关联，他在家里看着就着急，也不知道自己的孩子在外求学是什么样的状况，最近也不见家书来，很是挂念，心里想着写封信去了解情况，家里也是有事情要告诉成贻典——这倒是一件喜事，成时清的妻子怀胎十月，有一个新生命要诞生了。

给成贻典的信到了沪上已经是 8 月初，信中叮嘱：“家中情况尚好，唯念你安心读书，上海乃是风云变幻的地方，希望能够不为形势所干扰，更不要受什么思想之蛊惑，参加党派之事，只好生毕业之后谋求生计则是家中大幸……”

父亲在信中又说，家中最近又添丁，四弟 7 月 25 日（阴历六月二十七）降生，取名为成贻宾。

第二章
幼年聪敏

成贻宾的降生，对成家来说是一件喜悦的事情，也是一件有些烦恼的事情。喜悦的是家里又多了一个新生命，烦恼的是这个孩子这时候来到这个世界，无论是家庭的窘迫还是国家的动荡，似乎都不是什么好时候。

这一年是农历丁卯年，中华民国成立十五年。这一年的七到八月间中国可谓风云跌宕。7 月 13 日中共决定从国民政府中撤出，14 日宋庆龄声明脱离武汉政府，15 日汪精卫在武汉发动反共政变；8 月 1 日南昌起义爆发，中国工农红军建立，7 日中共在汉口召开“八七”会议，13 日蒋介石宣布下野，25 日武汉政府宣布迁都南京，并改组国民政府。这些事情看起来与老百姓没有什么关系，但就像是彻骨的寒风，虽然看不见却吹到了每一处人家，直达人的心里去。尤其是第一次国共合作的失败，影响深远。

1923 年 6 月中国共产党第三次全国代表大会确定了共产党员以个人名义加入国民党，与国民党建立革命统一战线的方针。1924 年 1 月 20 日至 30 日，在中国共产党人的参加与帮助下，孙中山在广州召开了国民党第一次全国代表大会，重新解释了三民主义。大会通过了共产党人起草的以反帝反封建为主要内容的宣言，确定了“联俄、联共、扶助农工”的三大政策，从而把旧三民主义发展为新三民主义。大会选举出中国国民党中央执行委员会，共产党员李大钊、谭平山、毛泽东、林祖涵、瞿秋白等十人当选为国民党中央执行委员或候补执行委员，约占委员总数的四分之一。会后，在国民党中央党部担任重要职务的共产党员有：组织部部长谭平山，农民部部长林祖涵，宣传部代理部长毛泽东等。随后，全国大部分地区以共产党员和国民党左派为骨干改组或建立了各级国民党党部。这样，国民党就由资产阶级的政党开始转变为工人、农民、城市小资产阶级和资产阶级的民主革命联盟，成了各革命阶级的统一战线组织。国民党一大标志着第一次国共合作的正式建立。

以国共两党合作为特征的革命统一战线的建立，加速了中国革命的进程，在中国革命历史上出现了轰轰烈烈的大革命。但随着革命高潮的到来，统一战线内部争夺领导权的斗争日益加剧，特别是 1925 年 3 月孙中山逝世后，国民党右派篡夺领导权的活动，日益猖獗。以蒋介石为代表的新右派和新军阀势力，在 1927 年后加紧反革命扩张。先是反对迁都革命中心武汉，接着公开亮出反共反革命旗帜，在各地接连制造一系列反革命叛变事件，诸如上海“四一二”政变、广州“四一五”政变、北京“四二八”政变、湖北夏斗寅叛变、长沙“马日事变”等等，使国共合作处于危急关头。1927 年 5 月，中共虽然召开五大，力图挽回局面，但未能真正解决任何实际问题。7月15日，汪精卫集团在武汉“分共”，国共合作最后破裂，大革命遭到惨败。

此时的中国自然不再有一处安宁的地方。

当然运河之滨的氾水也不再宁静。革命的火种已经燃烧到小镇之中。这一把火就像是春风一样热烈，在人们心里燃烧起来的时候，就能长出希望来。然而这里的很多人还不明白，信仰这个东西究竟是什么意思，他们不懂得一个人为什么不为名不为利却要为所谓的信仰去生活。信仰是什么呢？那就是觉得过去以及现在的生活是黑暗，而他们有责任为了明天的光明而奋斗，这就是他们的信仰——他们觉得这个世界上没有救世主，只有自己才能拯救自己，当然这个世界也应该没有贫贱高低之分，他们就应该过上一样的平等生活：劳动者能够过上幸福的生活，不劳动者定然是不得食的；天下所有的田地应该是劳动者的，地主老财的田迟早要分给所有的苦难人民。氾水小学教师、中共地下党员王守约和校长华采智秘密进行了革命活动，他们觉得作为知识分子更有一份责任为光明而奋斗。他们都是本地人，做起工作来也非常地便捷，况且因为是教师，在当地也有一定的威望。他们秘密地策划和发动有进步意识的人参加革命。一团希望的火正在大家的内心燃烧起来，虽然这时候的生活还非常地窘迫，但是大家充满了斗志，抱定了要打烂这个旧世界的决心。

当然世界也在变化之中打破了氾水小镇的宁静，给了其从未有过的震动。是年6月，张作霖在北京召开军事会议，孙传芳参加，他怂恿张作霖成立安国军政府，出任大元帅。其后，孙传芳奉张作霖令反攻徐州，任郑俊彦为前敌总司令，李宝璋为副总司令，分率第十师、第二师沿津浦路南下。此时，蒋介石已叛变革命，排共清党，暴露其反革命的真面目。因而其所率之北伐军人心涣散，兵无斗志。李宝璋第二师鼓勇前冲，一战而夺回徐州。北伐军守徐州者为第十军，军长王天培，退出徐州后据云罗山顽抗，当时孙传芳、蒋介石均亲临前线督战。相峙未久，郑俊彦率部增援，王天培部溃败，蒋介石南逃。蒋介石恼羞成怒，杀王天培以泄愤。李宝璋率部乘胜追击，兵不血刃而攻克蚌埠。孙传芳进驻蚌埠，兵据浦口，两军隔江对阵。张宗昌闻捷报，特赍三十万元劳军。蒋介石受挫后，二度辞职赴沪。

孙传芳于旗开得胜之时，自恃将多兵众，贪功心切，又见国民党新军阀之间矛盾重重，蒋、桂分裂，认为有隙可乘，于是一意孤行，决计渡江。其渡江作战之部署，集中于浦口至大河口一线，背水借一，分三路挺进。8 月底，首由第一路郑俊彦指挥第十师由浦口强渡，被国民党军舰开炮击退，孙传芳下令再渡。第二路为主力，由刘士林指挥其第十四师、第十一师、上官云相第四师、段承泽第九师、崔锦桂第八师、陆殿臣第十三师在大河口一带强渡，段承泽师首渡占领龙潭车站，其他各师相继过江，但在国民党海军及南岸守军之阻击下，舟覆人溺，伤亡惨重。在龙潭立足未稳，又被白崇禧、何应钦两部包围。第三路马玉仁指挥张仁奎旅由扬州渡江，袭取镇江，亦失败。在国民党军猛攻下，渡江大军死伤枕藉，溃不成军，自指挥官以次，争先渡江北逃，死的、伤的、被俘的、落水的，兵败如山倒。

孙传芳所部杨赓和逃到了宝应，驻扎在氾水镇，虎视眈眈地看着这个本来还算安静的小镇。虽然如今氾水镇已经显得败落，但是较之于穷乡僻壤这个古镇还算是一处好地方。逃难的兵团自然也顾及不了颜面，驻扎下来之后就直入当地的区里面筹措军需。宝应县已经划分为九个区，氾水属于第二区。所谓征集粮食有何依据可言？说是借粮食，打了借条又有什么指望会还？只不过是大兵们一举枪，所有的道理都是多余的，当官的也实属无奈；不过眼下确实也没有多少油水可以榨，一是这几年收成不好尤其当年大旱，二是兵荒马乱用度无人节制，有些心黑的老爷早就将公粮公款贪墨一空。当兵的就是拿着枪打破了脑袋也还是挤不出粮食钱财来，所以又听人说氾水这地方看起来破败，但是个藏富于民的地方，老百姓家里的私藏不少，只有到这个地方去“借”。

肚子饿就不要面子，不要面子就动歪脑子。于是便先从大户着手，首先就是成时清的老丈人家严家大院遭殃了。老爷子这日仍旧是在家琢磨戏文，倒并不是他自在到这个地步，确实是苦中作乐，在家死守时候的消遣。可在外人看来，大家都已经饿肚皮了，严老爷却有闲心来唱戏，一定是大有名堂。先礼后兵，说明来意，严老爷看这些当兵的说话粗鲁，这杨长官更是有些蛮横，他也并不买账，只说家里没有什么东西可以借，粮食没有，钱财也没有，就是自己这一把老骨头。杨长官一听火冒三丈，把手枪掼在了桌上叫道："你不要敬酒不吃吃罚酒，来人，给我仔细地搜！"几支枪顶着脑门，另外的人便像是饿狼一样到处扑腾，到底还是在严家找出了几十袋的粮食，严家自然是有些积蓄存货的。粮食全部抬走，当兵的没有留下一句话，更不要说打借条了，连个棍子都没有。这些当兵的打仗没有什么大本事，抢东西还是有些手段的。

严老爷家被这么一折腾，几乎是空空如也了。他遣散了家丁，将最后一些东西全部变卖，让自己儿子带着家眷随便去哪里避难去，这个地方已经不是久留之地了。他自己则一个人守着空洞洞的房子，他就不信这些当兵的还能啃了自己的骨头不成？严老爷也算是个正派人，在当地颇有些名望，他的老婆死后一直没有续弦，如今一个人虽然有些孤苦但也省得牵挂了。他让儿子去镇江，那边有些熟人旧交，就连成时清家里在镇江的许多事情也是严老爷联络的。毕竟镇江是省府，就是再乱也有个王法，再说凭着辛苦吃饭，总不至于像这乡下青天白日地能遭人抢劫。

严老爷如今一个人守着老宅子，心里倒也宽了很多。人也是奇怪，什么都有的时候感觉什么都在乎，害怕随时会失去；真的是全部失去了想想本来人生也是一无所有也就觉得并没有什么。其实究竟哪些东西是属于自己的，真的很难说，到最后一副臭皮囊自己也做不了主。自从严老爷子想清楚了这个问题，他便觉得心里轻松多了。他还是有些积蓄的，吃饭不成问题，所以就还能动脑筋想问题。他被军阀搜刮之后，越想越觉得心里憋屈，想起来那学校的王守约曾经和自己说过什么共产主义的事情。那时候严老爷子觉得自己衣食无忧，整天唱戏看书根本就是神仙的日子，那些什么外国来的主义和自己什么关系也没有，对他们这些后生搞的这一套根本就不予理睬。现在他细想想，这王守约自己老师做得好好的，虽然不算富裕但也是衣食无忧，怎么就不安稳要倒腾什么共产主义呢？正是这次被军阀侵扰之后，他似乎觉悟了，原来这个世界不仅仅是穷的问题，还有乱的问题，这乱的问题到了自己头上他才明白，这世界确实是出了问题了。有了这么一个过程，他倒是主动去找了王守约，他也还没有搞清楚革命是怎么一回事，但总觉得眼下这个世界是没法信任了，反正闲着也是闲着便去了王守约的住处。王守约知道他的遭遇，但严老爷子是长辈，也不至于轻慢他。他如今来打听王守约到底在鼓捣些什么事情，这倒让王守约感觉有些突然，他这革命活动可不是儿戏，弄不好是要掉了自己脑袋的。之前去找严老爷子，是想让他同情革命，现在他如此倒是让他们谨慎起来。严老爷子看他们说话支支吾吾有些不高兴，直言而上地说："你们这些晚辈真是鬼鬼祟祟，有什么事情不能说的，我这么大家产都不要了，还有什么可以在乎的呢？你们要不相信我，我今天就更名明志，以后我就叫严主义，我看还能不能和你们一种主义？"严老爷子这话像是开玩笑，大家都跟着笑起来，王守约更是不好和他说什么了。可是严老爷子当真了，还红了脸说："你们这是玩笑的革命吗？我严某也是这汜水镇上有头有脸的人物，今天我就下定决心叫'严主义'了！"这急赤白脸地一顿说，气氛有些尴尬了，这时候外面有人来找严老爷子，说他姑娘婆家到处找他，说小孩子办百日酒不见外公来像个什么话。这么一说严老爷子才想起来，今天是自己外孙过百岁的日子，虽然兵荒马乱但还是要办点薄酒请自家亲戚的，严老爷只有先去自己的女儿家。想想他还是不服气，说了一句："我说的话不变，以后你们不要喊我的名字了，也不准叫我严老爷，我今后就一个名字叫作'严主义'！"

老爷子的脾气也真是有意思，王守约心里知道这个老人也真是被这世道逼得没有办法，以他的家底和体面，何至于要做这些荒唐的事情让人笑话呢。王守约也觉得，这严老爷子过去虽然对自己做的事情不屑一顾，但是现在真是一个不错的发展对象，这样的人要是团结到他们当中来，别的不说，光凭他的威望，也是可以团结一大帮人的。这个时候的革命，某种程度上真还就是熟人的革命，只有可以相互信任的人才能成为同志，否则稍有不慎就会引来祸端。因为坏人这两个字并不写在脸上，这个兵荒马乱而人人自危的年头，不知道别人心里想的是什么，有时候是要掉脑袋的，这可不是开玩笑的。

严老爷子去女儿家吃酒，其实饭食也不复杂。成时清想想心里也觉得不是滋味，想当年自家兴旺的时候，那酒席虽然不能算是奢侈，但至少是能让人人竖大拇指的。如今这世道光景，竟然沦落到这种冷清的场面。就连家里那十几间的房子都和人一样无精打采，不再有昔日成家大院的熠熠光辉了。严老爷子因为心情不好的缘故，抱着酒瓶子喝了不少。他在女儿家里喝酒，自然大家都要敬他；女儿知道父亲心里憋闷，女婿自然不好劝阻丈人喝酒，亲家为孩子办喜事本是喜上眉梢，所以就更没有不让人喝酒的道理。酒喝的是“乔家白”，是宝应县有名的老酒。严老爷子拿着酒壶看了看上面的字，想起来这酒的故事，硬要给大家讲。这当地的酒的故事好些人都听过，但是老爷子要讲大家也只有耐着性子去听。

话说清朝皇帝乾隆博学多才，擅研历史。在青年时代，他就从史书中读到有关宝应因唐代上元年间安宜真如尼姑献“八宝”于朝廷而得县名的故事。乾隆继位后，曾六次下江南，五次途经宝应，题联赋诗，观赏庵观寺庙，研究唐肃宗获宝改号的传说，品尝清香可口的乔家白酒，留下了脍炙人口的诗句《策马过宝应》，被后人传为佳话。乾隆二十七年(1762 年)，乾隆帝第三次南巡，回銮路经宝应时已是炎热的夏季。宝应县令知皇上旅途劳顿，便将一行人安排在清静凉爽、环境幽雅的松圆庵驻跸。之后，松圆庵因乾隆住了一宿而改名为“一宿庵”。宝应县令为了款待乾隆，命人传乔家白酒坊老板拿出最好的宝应酒供奉皇上。乔老板立即从酒窖中取出窖存期最长、品质上乘的乔家白酒，送到一宿庵供乾隆等饮用。乾隆的酒量在王公大臣中是很有名气的，他品尝过全国各地的名酒，唯独没有喝过宝应产的乔家白酒。乾隆初尝乔家白酒即识得此酒清香、醇厚，胜于宫中诸多御酒。喝到兴时，乾隆向宝应县令举杯连声称道："好酒，好酒啊！"

酒过三巡，乾隆诗兴大发，即兴写就《宝应县咏事》一首："上元获宝县名改，其宝已难定假真，即使果真为瑞应，牝鸡可得教司晨。"乾隆当即向宝应县令下旨："选乔家白酒为皇室贡品，每年必须送入宫中品尝。"当晚，乾隆与宝应县令一边品尝乔家白酒，一边叙述"八宝"的传说。乾隆下江南最后一次经过宝应时，乔老板通过宝应县令向乾隆求字，乾隆酒后提笔写下了一副对联，上联是"乔家有白酒"，下联是"白酒数乔家"，横批是"好酒"。

说到这，大家马上起来敬酒，知道再不打断他还有说不完的故事，于是便纷纷夸严老爷好学问、好酒量、好人品……严老爷却突然又想起来一句话，端着杯子对大家说："今天我忘记和大家说：我今天和大家宣布，从此不许再喊我老爷，那是该死的旧社会，现在我叫严主义，一辈子都叫这个名字……"大家不明白什么意思，但还是热闹地敬酒，把他这一兴致给应付过去。

严相清在一边看着父亲头上的白发，听着他饱含醉意的话语，转头抹了抹眼泪，什么也没说抱着孩子进自己屋子里去了。

成贻宾降生于乱世，此时家中的境况更为窘迫。成时清为了生计去县里面托人帮忙介绍，昔时一个好友曾经受过这位大少爷的帮助，就介绍他去县教育局做会计。这倒也是一个不错的工作，这样日子总算是有点盼头了。然而没有几个月的时间，教育局改作了教育科，所设的职员也有所裁减，他这位临时的工作人员自然在裁减之列，无奈又回到了汜水。一家子老小的日子勉强为继，严家的日子还算好，常接济女婿些，但成时清知道这终归不是个办法。于是又去中学任教，虽然薪资微薄但总算将日子接续起来。严相清在家照顾孩子，对于这样的苦日子也并不抱怨，自己的丈夫虽然有一肚子的学问，然而这时局动荡也怪不得他，况且能够守在一起，即便是清苦一点总也算是安心的。

就这样几年光阴下来，老大的衣服改给老二穿，老二的衣服改给老三穿，缝缝补补的日子里，成贻宾已经四岁了，正是启蒙的年龄。在教学之余，成时清就是成贻宾的启蒙教师，教他“对对子”。家里的《声律启蒙》还比较复杂难于理解，成时清就教他一些简单的对仗。成贻宾倒也聪明，虽然没有懂得“对对子”为何意，但也会对上几个惹得大家哈哈大笑。成时清说“上”，成贻宾对“下”；成时清说“牙刷”，成贻宾对“刷牙”——家里的清贫因为这个小家伙而少了些苦楚，大家似乎也不在意苦日子了，只要孩子一笑，他们就满是生活的希望和劲头。成时清的母亲这几年也衰老不少，毕竟岁月不饶人，但是老人依旧头脑清晰性格坚强，时不时地还劝成时清不要舍不得这眼前的一亩三分地，要是想改变目前的状况还是要走出去，走出去才是有希望的。生活就是这样，有的时候希望是在别处，你生活了一辈子的地方确实是安然，好像什么都是方便的，但是这样的生活容易让人懈怠与困顿，让人不思进取或者说不知道从哪里突围。因为在熟悉的生活环境里，总是有很多的退路和借口，总是不至于什么事情都绝望。但是如果离开这个地方出去就不一样了，你和所有的外来者都拥有同等的机会，不会因为你个人的情况，世界就青睐于你。与此同时，当地人相比你而言就是有优势的，于是你就必须面对竞争和压力，你就没有找退路的机会，你就只有一个劲地往前走，这样往往就能够闯出一番天地来。这就是为什么那么多的人在家乡看起来碌碌无为，到了外地却摇身一变成了另外一个人。

母亲的这种想法是很有道理的，也是一种非常积极的人生态度。她的意思是，你出去闯一闯哪怕最后还是回来了也并不可怕，因为你至少去尝试了一下看自己到底有没有能力在外面打拼，即便大败而归，至少还有家可以回，回来也没有什么可怕的，你现在不就在家，不是照样可以有饭吃的吗？ 所以，趁着年轻还是要出去走走。 在母亲的教育之下，成时清带着妻儿出去了——因为人多，去的地方也不远，但总算走出了那方小天地，到了一个全新的环境里。 他过去有一个同学叫陈时臬，在淮安中学做了校长，知道成时清的才学与能力，便聘请他去学校做会计员。 哪知道才去了半年，校长更换了，他也就一同辞职，带着成贻宾他们回到了汜水过暑假。

1931 年的暑假非常不安宁，苏北发生特大洪水。 淮河流域连续降雨，高邮湖水暴涨。 六七月间遭遇三次大暴雨：6 月 17 日至 23 日，在淮河上游，雨量 200 毫米以上；7 月 3 日至 12 日，在淮南及高邮湖一带，雨量 400 毫米以上；7 月 18 日至 25 日，仍在淮南及高邮湖一带，雨量 300 毫米以上。 致使高邮湖、大运河水位暴涨。 运河高邮御码头水位：7 月 25 日 8.3 米，8 月 1 日 9.06 米，8 月 15 日 9.46 米。由于大风，水借风势，风助水力，8 月 2 日开坝前及 26 日破堤前，突然刮起西南风或西北风，26 日凌晨高邮湖面西北风达 6.3 级，发生湖啸，湖水扑打运堤，运堤不堪承受。 洪泽湖、高宝湖涨满，里运河决口二十七处，里下河十余县一片汪洋泽国。 泰州城淹水四米，城里半年才退尽了洪水；而里下河地区到第二年春天才退尽了洪水。 这场大水是 20 世纪受灾范围最广、灾情最重的一次大水灾，特别是从这年开始的苏北灾情愈演愈烈——由于没有拦洪蓄水的控制工程，放荡不羁的洪水冲垮了里运河堤防，使里下河地区尽成泽国，毁灭性的水灾使苏北 7.7 万人丧生，千万亩农田绝收，大批灾民流离失所。

汜水镇沿运河边，一夜之间成为泽国陆沉水底，居民都逃命搬迁到运堤等高处，待一个月后大水退后才回到坍塌破坏的家园。 被大水冲刷过的汜水小镇是一片狼藉，砖墙上留下了洪水浸透的痕迹，怎么也清除不去。 被冲刷的集镇成了一座空城，到处是人畜的尸体，清理了很久仍旧没有一点生机。 大水之后的秋天又是连续的高温，导致病患滋生，这地方已经无法再待下去了。 可是家里这么多的孩子能有什么出路？ 大水冲刷了家园也冲凉了大家的心，无论是穷人还是富户，心里都是一片空荡荡的，一夜之间都成了一无所有的人家。成时清现在知道母亲为什么一直主张自己离开这个地方，虽然说是故土难离，但就眼下这种场景来看，当初要是能够早点去大城市，如今也不会窘迫至此。大人们遭罪倒也算了，关键是几个孩子不懂人事，他们受的苦楚让大人尤其心疼。孩子哭起来只是按照自己的感受，他不知道这个世界已经容不得人有什么自我的感受了。可是，孩子只有哭泣和微笑两种表情，这让大人们无计可施，但也似乎得到了一些启发：活着如果只有两种表情也算是幸福的了——就像孩子一样活着。其实做到这一点很难，因为成年人要隐藏很多的情绪，有些时候微笑的背后是内心咆哮般的哭泣。母亲对成时清和儿媳妇说："日子就是这样熬过来的，我们过去的好日子总算是到头了，但是也不要害怕，最多一个死字，可是人如果连死都不怕，那就没有什么可怕的了——你们要记住一句话：活人嘴里不会长青草的，太阳总是要从我家门前过的，只要是好手好脚的，日子总是有得过的……"

也算是天无绝人之路，大水退后不久，淮阴师范又找人来请他做会计兼珠算教员。这让成家一时间又有了些盼头，母亲让成时清不要有任何的负担，她反正是半截身子入土的人了，就在这个汜水镇上也不至于饿死。如果成时清他们一家一走，家里就是刘二姐和母亲两个人相依为命，但她们的生计也应该不成问题的。成时清心里也明白，自己这一家才是负担最重的。现在他终于知道母亲当年为什么一定坚持让自己读书，岂止是因为父亲留下的"接书香"这一家族传统，更是让他们不管到什么时候都能有站得住脚的本事。不管到了什么年代，读书识字的人总是有着落的，虽然读书成了谋生的手段，但这也并不可耻，一个人凭着自己的本事养家糊口总是不错的。于是，他们又踏上了去淮安的路途。

然而也是好景不长——日子就好像是游击战争，时事总是不停地变化——一年之后因校长顾康伯更替离职，成时清也随着学校的种种调整而离职了。他们这些年好像都是守着行囊过日子，那从大包小包里拿出来的用品总是会不时地又被打包好了重新上路。一次次的变化如同这变幻的时局，成时清一家也适应了这样到处奔波的日子。严相清这个当初的大小姐早就习惯了这种动荡的日子，她总是抱着成贻宾抵着他的脸蛋对丈夫说："只要我们全家在一起，哪里都是我们的家。"成时清心里很是感动，他自己时运不济，加上这战乱频仍又是灾害，这些年没有过上什么安生的日子。如今有这样一位贤妻良母与自己不离不弃，也真是他这一辈子的福分。

成贻宾五岁的时候就进了幼稚园，六岁的时候上了小学。成贻宾就读的小学也是随着父母的漂泊而变换的，先后在扬州实验小学和如皋师范附小读书。1933 年暑假后，成时清远赴省立如皋师范任会计兼算术教师三年；1936 年暑假入江苏省教育厅会计人员训练班；毕业之后留任本厅服务，稽核各县教育帐目数月，委派为省立镇江公共体育场会计一年。这些在外漂泊的日子，让成贻宾这个生得漂亮的小男孩变得坚强。他很少掉眼泪，因为漂泊清苦的生活容不得他掉眼泪。他很早就懂得了父母的不容易，所以总是乖巧地做好自己的事情。成贻宾上学的事情并不需要父母多操心，他无论在哪个学校都是优等生。这让老师们也很喜欢他，先生们觉得这到底是有家学渊源的孩子，文化的基因是深厚的。有 次恳亲会 请家长去学校参加亲子活动，类似后来的家长会——成贻宾的母亲被请上去介绍孩子的教育经验，这个苏北女人虽然是大家闺秀，但是到底没有见过这样的世面，她也实在说不出什么育儿的经验来，只说大概更多的是家庭的熏陶，家长做个榜样比什么样的教育都管用。这一点得到了大家的认同，不过这些终究是只能羡慕却没有办法比的事情。这次恳请会上同学们表演了一场话剧《孙中山伦敦蒙难记》，正是成贻宾扮演孙中山。

这部话剧演的是孙中山的亲身经历，事件乃是历史事实，发生于 1896 年 9 月 23 日到 10 月 23 日。广州起义失败后，孙中山被清廷通缉，遭香港当局驱逐出境，流亡海外。同年 9 月 23 日，清廷从海底电缆侦查到孙中山从美国纽约坐船到英国，作为钦犯的他被清廷想尽办法拘禁起来，一时间情况十分危急，辗转了一个月事情才有起色，最后是当时的英国首相索尔兹伯里勒令清使馆释放孙中山，否则就将清政府驻英大使龚照瑗及一众外交人员驱逐出境。到了10月23日，孙中山终于在各方的努力下顺利脱险。

这段经历被演绎成话剧，既是对孙中山革命生涯的回顾，也表现了他早期参加革命的坎坷。作为一个六岁的蒙童，对于这段历史的理解当然是稚嫩的，特别是一个孩子演成人更是一种挑战。不过小小的成贻宾扮演孙中山，那焦急中有镇静、既认真又天真的表演博得大家的掌声。看着小儿子特别的装扮和专注的神情，严相清由衷地感到了幸福和骄傲。在母亲的眼睛里，他已经不再是一个孩子，或者说她看到了孩子长大的样子——一个叱咤风云、处乱不惊的热血男儿，在自己的舞台上演出自己的人生。在那个年代，在那样的家庭里，想象到孩子这样的未来，是一种无比的幸福。母亲爱怜的目光，和其他人的惊叹又是不一样的，那种深爱与骄傲是无法替代的情绪。在舞台上，成贻宾也有紧张的时候，时而忘记了一句台词，就像时空凝固了一样，可转瞬之间那些令人振奋的台词，又从稚嫩的口中流淌出来。他已经进入了角色，进入了一个时代的角色。所以尽管他的年龄是那么小，身材还是那么稚弱，但是他在舞台上的那股子像模像样的精气神还是让人感动的。从小能说会道的成贻宾，在母亲的眼睛里，从这一刻开始俨然一个血气方刚的有为青年，他的未来仿佛透过这一个小小的舞台展现出来，和这个风雨飘摇的时代形成了一种强烈的对比。母亲眼睛里的幸福和骄傲，转化成感动的泪花在眼眶里打转。她甚至想到，如果有一天成贻宾真的身处同样的险境，真的被这个动乱的时代所裹挟，他一定也是一个不负众望的热血男儿，一定能够成为顶天立地的男人，成为令人骄傲的角色。演出结束的时候，严相清还沉浸在成贻宾演出的场景里，以至于别人鼓掌的时候，她都有些木然，觉得有些失真，或许是因为那种感觉太过真实，而让她流连其中，忘记了真实的世界。

老师在演出之后，特别表扬了成贻宾。也许老师也看出了这个孩子的天赋，不仅仅因为这个演出，还因为这个苏北农村来的孩子，有一种难得的气质。从这群孩子的身上，老师们也看到了一种希望，一种破灭混乱的世界里的光明，这种光明透过他们的眼睛照耀着这个世界，展示着一种令人感到振奋的力量。老师的心中有爱，眼睛也一定是明亮的，她也不知道自己选中演孙中山的这个孩子以后会怎么样，可是这一段宝贵的经历确实给成贻宾的人生埋下了伏笔。

其实，成贻宾扮演这样的角色能够如此认真、形象，是与他生活中的偶像的影响离不开的，这个人正是他的大哥成贻典。成贻典在外读书的日子里参加革命的事情后来才告诉家人，成时清看到儿子这般出息，也并不怪罪他不顾危险。换作当初，成时清一定坚决不同意他参加这些新潮的运动。他虽然是个读书人，心里也有爱国的热情与正直；但是他也是一个父亲，每次修书给儿子的时候总是让他安心地读书，这种爱子之心也是人皆有之的。如今，成时清在历经了磨难之后，虽然没有那种弃笔从戎的决心，但他也知道这个荒唐的社会如果再不去打破，真的是民不聊生了。成时清支持儿子的选择，因为他认识到革命的事情总是要有人去做的，每一个人都有自己的孩子，每一个人又都是父母的孩子，如果这世上每一个人都为了自己的安危而自保，这个世界就真的没有任何希望了。成贻典一直在外读书，后来去南京工作，所以父子见面的机会也并不多，加上成时清带着成贻典的弟弟妹妹们到处奔波流浪，原来的家已经散了，人成了到处漂泊的浮萍。氾水的老家就剩下祖母守着旧房子，没有了人的家就只能是房子。家人很少能够团聚，都在为生活而奔波，根本没有心思去想其他的事情。只是有时候半夜醒来，会想到漂泊在各处的家人，也只能自我安慰地想大家还都能活着就已经很好了。

这时局是容不得有过多的想法的，有时候就是想多伤感一会儿也是不可能的。

1937 年，成时清又被委派为省立中学会计主任，他又带着一家老小和行囊去了镇江，不过也就是几个月的时间，安定的梦想再次被打破。打破安静的不仅仅是过去的内战纷争——贪婪的日本人早就虎视眈眈地看着积贫积弱的中国，他们早就想到要在这片古老的土地上实现他们所谓的共荣的野心。有野心的人就像是野兽，他们会丧失人的本性，枪口就是他们无耻的信念，侵略和杀戮就成了他们前进的脚步。而这个时候苍老的国度经过这些年内忧外患的折腾已经毫无精力抵抗，眼睁睁地看着侵略者大摇大摆地在自家门口作威作福无恶不作。老百姓成了最可怜的角色，他们是政客们争斗时的棋子，他们的命运就在冰凉的枪口之下，没有任何选择的余地。更多的人无奈地在这种压迫之下选择了无语与承受，因为肉体与子弹的抗争是无谓的，只能逆来顺受地适应着这荒唐而又残酷的年代。成时清心里有时候觉得无限地悲凉，自己读了那么多年书，以为可以报效祖国，哪知道现在连养活自己的妻儿老小也成了问题。虽然自己有点所谓的学识，可总还是被这时势所折腾，始终找不到一处安身之所，更不要说能够为国家做点什么事情了。但是，他也明白，较之于那些在战争中无辜死去的人们，自己能够苟延残喘地活着也许就算是幸运了。还有那些被奴役的人们，他们有的目不识丁，一辈子不知道政治与战争到底和自己有什么关系，可就偏偏在这旋涡之中不能摆脱，他们连死的自由和尊严都失去了。和这些人比起来，自己也算是幸运的了。所以这些年他带着妻儿四处奔波，没有积攒到钱财，却学会了一种本领，那就是能够为了生计逆来顺受，无论受多少的苦难都只是摇摇头无言地接受。其实，何止成时清如此，多少个家庭乃至于此时的中国，都是无力招架无可奈何的。眼看着强盗野心勃勃地走到自己家门口来，面对这罪恶而无耻的逻辑，虽然也曾殊死搏斗，但大多数时候是无力回天的。

1937 年 7 月 7 日夜，日军在北平西南卢沟桥附近演习时，借口一名士兵“失踪”，要求进入宛平县城搜查，遭到中国守军第二十九军严词拒绝。日军遂向中国守军开枪射击，又炮轰宛平城。第二十九军奋起抗战，震惊中外的七七事变爆发，日本全面侵略中国的野蛮行径展开了，中华儿女的抗战也由此全面打响。七七事变的第二天，中国共产党中央委员会就通电全国，呼吁："全中国的同胞们，平津危急！华北危急！中华民族危急！只有全民族实行抗战，才是我们的出路！"并且提出了"不让日本帝国主义占领中国寸土！""为保卫国土流最后一滴血！"的响亮口号。蒋介石提出了"不屈服，不扩大"和"不求战，必抗战"的方针。蒋介石曾致电宋哲元、秦德纯（第二十九军副军长兼北平市市长）等人，"宛平城应固守勿退"，"卢沟桥、长辛店万不可失守"。

卢沟桥的枪声响在了中华儿女的耳边，对于书生报国一支笔的成时清而言，他的内心也是波澜万丈。或许对于一个从苏北走出来的读书人而言，他既然能够见到世界的风云变幻，并且以自己的一己之力谋得立锥之处，当此国难之时，真是应该挺身而出的，尽管他自己只是一个羸弱的知识分子。然而回头看看妻子儿女，内心似乎又多了温柔和软弱，毕竟妻子跟着自己颠沛流离，如今生活已是捉襟见肘，如果自己选择了内心的向往，跟随时代的召唤，又于心不忍。成时清知道自己的这种想法是狭隘的，当此之际正应该是振臂一呼的时候，然而现实与梦想之间总有这种对抗与妥协，使他不得不狭隘，面对现实，有时候选择就不由自主了。就像自己的长子参加进步活动，对于成时清而言，他的内心也经历着一种艰难的对抗，一面是国难如此，一面是家事在心，家国之间的关系，对于自己这些身处底层的人而言，有时候把小家看得重一点也是情理之中的。所谓齐家治国平天下的圣贤之道，这个时候似乎又成为一种无奈的借口。

有时候，成时清看着成贻宾天真无邪的样子，尤其是听妻子说他演话剧时的样子，心里感慨万分。成贻宾表现出的天真，当然是孩子心中的纯洁与天真，他虽然是在舞台上演戏，可举手一挥像是叱咤风云的人物，心里充满了一种单纯的激越情绪。这种情绪对于一个人，一个国家而言非常重要。可是偏偏到人们长大了，懂得了更多的道理，这种天真的勇气却不知道哪里去了。其实成年人未必就比孩子勇敢，有时候教孩子长大以后报效祖国，说出来的话那么肯定，心里却有丝丝的不安，毕竟有了言传却没有身教。有时候成时清更加羡慕孩子的世界，他们那么纯净与干脆，他们站在舞台上的那种状态和情绪，也是令人振奋的。可是孩子在舞台上说的话、表演的行为，大人却不敢在现实中去做。成时清有时候觉得这真是一种悲哀，以至于他不再愿意和孩子们多说什么。在这个乏善可陈的世道下，他甚至因为自己的生活和态度而感到自责。可是现状就是这样，妻子带着孩子和自己在外漂泊，离开了老家过着虽然贫瘠但是安然的日子，如果物质上不能给予他们富足，精神上再给他们震荡的话，他就会更加自责。

所以，他就只能说，大事如此，谁也无力回天。

当然，说大事如此无法回天也不仅仅是成时清一个人，就连学校和当局也是无奈。也许一个家庭不能成为堡垒，但是一个单位一个组织总有更加强大的力量吧，然而他们也只能摊开手无可奈何地说一句无力回天。

成时清所在的学校在危局之中无奈解散。想想当初离开老家汜水，如今又要回老家去，人到危难的时候，至少还有家可回，算是一件幸福的事情。可是眼看着满目疮痍的时代，国已破碎家又怎能安然？家在哪里经常成为时人议论和疑惑的问题。国无安宁，家也不过是几间房子。就像是人心不安徒有皮囊劳顿，终于也是不得安宁。家不仅是房子，更是房子里的人，人不安心，家就不安稳，家不安稳，国也是晃荡飘摇。可是，想这么多依旧是徒劳无功的事情。局势如此紧张，越发逼迫着他们。在外暂时也实在没有立锥之处，想想老家那十几间房子和老母亲还在，就像是孩子在外受了欺负，想到自己的父母在家里，只有自我安慰地对自己说，受不了你们的罪，我们就自己回家去。回家是最无奈的办法，也是人处在绝境之中最后的归依。好在还有家可回，这个时候什么也不想了，只想拉着妻儿的手渡江去扬州，然后转道回汜水小镇。

其实，说是回家不如说是逃难，不过逃回母亲的怀抱并不是可耻的事情。

十岁的成贻宾心里没有老家这个概念，这些年他跟着父母到处飘荡，他不知道什么叫作老家，他只知道在父母身边就是家，对于那个氾水老镇上的房子却没有一点印象和感觉。历经这么多年的漂泊，这个十岁的孩子也算是饱经风雨了。他有时候会幼稚地问母亲："我们为什么总是要搬家，我们现在的日子不是蛮好的吗？"母亲没有办法回答这个问题，她常常也只能静静地抽着洋烟无言以对。她自己也不知道这个世界到底是怎么了，过去那个严家大院的生活不知道为什么给丢了，就是氾水镇上下河两岸的好日子也不知道为什么转眼间就被冲刷干净了。她没有办法回答孩子这个问题，他们只有尽量地为孩子们的生活而打算，即使一切都捉襟见肘，最好的也总是留给孩子们，以抚慰他们已经承受了太多的幼小心灵。成贻宾见过自己的大哥几次，大哥成贻典比他大很多岁，说的话成贻宾也并不是很明白。但是大哥和他说过，让他快快地长大，用自己的双手创造生活，用自己的肩膀挑起重担。这个担子可不仅仅是家庭的担子，还有大丈夫应该承担的更多的责任——要为更多的人过上好日子而努力，那才是真正的男人。成贻宾对大哥说的话虽然还是一知半解，但是他幼小的心里似乎也明白，自己的哥哥是个做大事的人，而以后自己也要像他一样做一个有用的人，不仅是对家庭负责，还要为更多的人做事情。他好想自己早点长大，早点像哥哥一样能够独立地生活，这样就可以让父母少为自己操心，而自己也可以真正地做一些事情。他盘算着自己长到哥哥肩膀那么高的时候，一定就可以和他一起出去工作做事了。严相清看着这个十岁的孩子懂事的样子非常地可爱，虽然她明白这个少不更事的孩子还不知道世界有多么地凶险，而这世界给了他们太多这个年龄还不能承受的东西。他们还很幼稚，但她也非常无奈。

这时候回家成为成时清一家几口急切向往的出路。平时在外不说回家倒也罢了，现在要回家了，虽然也是被逼无奈，但是严相清心里倒是更加急切，她好像很久不曾想到自己的父亲了，现在要回家了突然想起来，不知道老头子孤苦伶仃一个人在家究竟怎么样了？ 他们过着居无定所的日子这么多年，也没有写过信回家问候，有的时候碰见老家的人打听个情况，来人也只是摇摇头说："这个该死的年头能怎么样？ 活着就是不错的了，还能指望怎么样——还好，还好，都还活着就都还好！"严相清有时候也觉得自己真是非常狠心，将老父亲一个人丢在家里，可是不狠心又能有什么办法？ 自己这么多的孩子要养活，在外的日子也没有一刻是舒心的。 所以，有时候只有无奈地狠心不去想，就像婆婆说的那样：这世界能够坏到哪里去呢——最多就是一个死，如果连死都不在乎，还要在乎那些事情干什么？ 其实你就是想在乎也是没有办法在乎的，只有这么稀里糊涂地过着罢了。

可这次真要回家了，心里却越发紧张。 严相清给孩子们讲家里的事情，年长于成贻宾的成贻淑、成贻奂对老家自然有印象，但是成贻宾对他们说的汜水，甚至奶奶和外公这些亲人都没有什么印象。 他们告诉他外公是个会唱戏的老头，这倒是让成贻宾感觉很有趣，他不知道那个会唱戏的老人究竟是什么样子，他也要和他学上两句。 他在学校里就非常地活泼，是参加各类活动的积极分子，演话剧什么的是常有的事情。 不过对于唱戏他虽然也很喜欢，但是到底听不懂他们的方言，所以只能听别人咿咿呀呀地唱，却没有办法自己学。 这次也许可以让这位没有什么印象的外公教自己唱戏——动乱的时局真是让人无奈，一个十岁的孩子说到自己的外公，好像只不过是说一个外人一样，让人觉得有些无奈和无情。

船到汜水的时候天已经黑透了，上岸的时候轮船上卖票的人用方言咕哝了一句："大家天黑小心一点，这街上最近不太平，闹起什么小刀会来，把孩子家眷带带好！"这乡音听起来很温暖，可是说的这事情却让人心里一紧。 黑暗中的六角亭像一个已经入睡的看门人，也不管外出归来的游子。 成时清拎着不多的行李，严相清抓着成贻宾的手，两个大孩子跟在后面。 成贻奂也已经是个小男子汉，个子差不多有母亲那么高了。走了不远就见到了灯火，这灯火里散发着熟悉的味道。严相清停了下来，她知道丈夫最喜欢这朱家的素鸡。成时清拿着东西站在门口，看着妻子去那铺子里称东西，忙碌的是朱家的孩子，这些年大概也不认识这严家的人了，也没有人认出来成时清。他们突然觉得自己好像是这汜水镇的客人一样，十多年光阴竟然把自己弄得陌生了。

买好了东西，严相清从卤味摊子走过来，手里拈了一小块豆干塞在成贻宾的嘴巴里。成贻宾大概没有吃过这种东西，但听说这是父亲最喜欢的，饿着的肚子也不管什么味道了，几口就咽了下去。这种味道对于成贻宾来说是陌生的，尽管这是家乡的味道，是流淌在这个地方的人记忆中的味道。家乡对于一个人来说，有时候也许不是地理位置，也不是人或者风景，甚至并不是坚实的房子，有时候可能就是顽固的乡音和味道。乡音是可以带在身上走的，虽然到了外地要憋回自己的土语，但是味道藏在心里说不出来却又忘不掉。一个人的味觉大概在童年的时候就已经顽固地形成，那种味道是家乡的水土和人们的情感共同铸就的，顽固到无论走到哪里，无论怎样的山珍海味，都无法代替。而这种顽固对于成贻宾而言却很陌生，他只是听母亲说这是父亲也是家乡人最喜欢的味道，便感到亲切，尤其是在饥肠辘辘的时候，这种味道就像是亲人的问候，一时间就能够在占据一个孩子口舌的同时，进入他幼小而干净的心灵里去。成时清回头看看这灯火，心里有些温暖，这卤味摊子还摆着，看来这镇上的日子到底是挺着过呢——真如母亲所说，活人嘴里不会长青草，日子总是要过的。

走了不多远，过了桥下河东岸向南二里便是成家。街上不见人影，一片漆黑，人们早早就关门睡觉了。这真是“没钱买肉吃，睡觉养精神”。成时清对着漆黑与冷清倒也并不害怕，这条街他和严相清就是闭着眼睛也能够走回去，这是小时候走了多少遍的地方。可是走了几步远，东西向的巷子里蹦出来几个人，看起来就是来者不善的。成时清也不害怕，这街上他谁不认识？就是有什么狠人也不敢怎么样，这又不是荒郊野岭，怕他什么呢?

汜水镇上将这种拦路的叫作“短路”，很明显这几个人站下来等着就不是善意。成时清只顾往前走，那几个人中有人问：“什么人，干什么的?”成时清听不出是谁，大声地反问：“什么叫作什么人? 我就是汜水镇上人，你们要干什么?”这话有些火药味，可是成时清心里想，我都到了家门口了还能怕什么? 这些年在外面小心翼翼的，难不成今天到了家门口还要怕自己人? 可是那几个人似乎并不在意他的反问，上来就拦着不让走。当中有人亮起了火灯来，突然亮起的灯光里依旧看不清楚人，严相清想起来上岸离开码头的时候那售票的人说的“小刀会”的事情，心想这世道不至于猖獗到这种程度，到这家门口来拦路抢劫来了? 成时清正准备报上姓名，只见那几个人中有一个人把为首的人拉到了一边，过了一会又走回来问：“你是成家的大少爷?”成时清一听这人大概是认识自己了，便说：“大少爷那是过去的事情，不过我的确是这镇上的人! 你们这是要做什么?”这帮人这时候才说：“原来是成家的人，嗨，真是大水冲了龙王庙，最近几年镇上闹得不安稳，我们这是组织人到街上来巡逻的，生怕外人来扰了大家的日子!”成时清被这一搞心里有些不痛快，这几个人自己并不熟悉，但他们其中有人认识自己，便让他们走了。虽然是误会也没发生什么冲突，但是这个进家门的“见面礼”也真算是特别了。

从六角门的巷子左转向前不远便是成家。才七点多钟的样子，母亲早已关灯睡觉了，成时清放下东西喊门，刘二姐白天干活晚上睡得死，倒是母亲亮起灯来喊道：“时清，时清，是你回来了!”老太太起来，刘二姐也醒来了，一开门看见成时清一大家子人站在门口，老母亲泪眼汪汪地抱着孩子哭起来。成贻宾对奶奶并没有多少印象，她抱着自己一哭更是让他有些害怕，努力地挣脱站到了母亲的身边去。老太太也知道外面打仗形势非常吃紧，几次打听成时清的消息都没有下落，如今看到一家子回来了，知道大概又是形势不好没有工作，但孩子回来了就是好的。刘二姐赶紧去煮饭，严相清将买来的卤菜放在了桌上。母亲突然想起来家里的坛子里还有几只端午时腌制的鸭蛋，连忙摸黑去坛子里摸出来让刘二姐一起煮上。几个孩子饿得前心贴后背，巴巴地望着厨房里的灯光，巴不得马上就能吃上饭。刘二姐丢下厨房的火，走到后院子里将挂在墙上的篮子拿了下来，里面有晒好的半张锅巴。这可是好吃的东西，过去家里经常将锅巴晒起来，后来人少了米也精贵，人老了又吃不动了，就很少去晒了。这块锅巴可真是美味，孩子们就像是得到了新奇的零食分了嚼起来。

就在等饭的时候，严相清一个人回了自己家去。严家离成家并不远，可是女儿多少年不见老父亲，顾不上吃饭先要去看看老人。这会儿叫作严主义的老人早就睡觉了，这些年他过得还不错，到了王守约的学校去帮忙。他会唱戏又会唱歌，学校就让老人做了兼职的歌唱老师，教孩子的也不是什么新歌曲，而是当地的民歌，学校觉得这也是很好的音乐教育。当然这个工作说是为了糊口其实也是个幌子，王守约还真就将这年过花甲的老人变成了自己人。

严相清在门外喊了几声没有人答应，只有邻居家的狗一阵乱叫。她满心疑惑地走了回来，婆婆知道严相清是去她父亲那里，告诉她现在严主义同志过得蛮好的，大多数时间是在学校里忙活，和那些后生们弄得热火朝天。她叫严相清不要担心，他一定是到王守约那边去了，有时候晚了都不回家，就睡在学校的门房里，真是把这工作当家事一样了。

想到这严主义的名字真的叫起来，成时清觉得又有意思又有些心酸。

吃过晚饭收拾好了，孩子们早就已经乏了，这一路的颠簸就是大人也已经筋疲力尽。这些年成时清一家在外，但是他们的屋子还都留着，被褥都收拾好了放着，回来只要放下就可以住人。母亲操持着这个家，靠的是那些田地的收入，刘二姐帮着忙里忙外，日子到底还是缓过劲来了。虽然孩子们不在身边，但母亲还是会将这个家给守着，随时等着他们回家。

第二天一早，刘二姐就上街买早饭，并且找到了严主义。现在大家都叫他严主义，而且必须要加一个“同志”的称谓，他听了感觉很好，觉得自己改的这个名字真好。听说女儿女婿回来了，他立马往成家去，这位有主义的同志也是盼女儿盼得眼睛都看穿了。看到孩子们都长大了，严主义还算欣慰，只是这最小的孩子成贻宾并不知道要主动叫自己外公。成贻宾看看这位他们早就说起的外公先生，看他这个样子并不是像唱戏的样子，便怯生生地试探问道：“听说……听说您是会唱戏的？”严主义见这小东西一本正经的样子顿时哈哈大笑，摸摸他的头说：“我会唱戏，请问这位小先生有什么想法？”成贻宾一本正经地说：“那么，我以后与你学习唱戏好吗？我演过话剧，但是并不会唱戏，能学会吗？”看到孩子们这么活泼可爱，一帮大人也是笑得很开心。

成家大院都十多年没有这么开心过了。就像是一直乌云密布的天上，今天终于算是有了阳光，照在了大院子里，照在了人心里，让人心里好不畅快。严主义觉得今天暂时丢下手上的事情，要好好地享受一下天伦之乐。他摸了摸自己口袋，上街去买了一只鹅，这秋天的鹅正是膘肥体壮的时候，他买了之后也并不拿回来，而是交到朱家的卤菜店里。卤菜店帮着把鹅杀了，得了鹅毛和鹅血是店里的，其他的帮着一起做了盐水鹅，午饭之前就做好了拿回去，省心省事。吃一只鹅在一个家里可不是一件小事，过去成家或者严家吃一只鹅是很平常的，现在要是杀一只鹅是一件很隆重的事情。平日里是要嘴馋好久才能下决心到朱家的卤菜摊上买鹅。买多少？买“一角”鹅子，也就是一只鹅子的四分之一，这已经是一道非常奢侈的下饭菜了，一般人家也是轻易不买的。今天严主义见到孩子们都回来了，心里高兴就买了一只鹅子到亲家来吃饭，请刘二姐再收拾几个其他的菜，算是欢聚一堂了。

成贻宾总是盯着这位胡须花白的老先生看，他并不觉得严主义是自己外公这件事情有多么的重要，他更在意这个老人会唱戏。他心里还是有些疑惑，这个老人真的能唱出一口京剧来？ 于是到了吃饭之前，成贻宾终于还是央求他唱几句给自己听听。 老人其实很多年不开口了，可是架不住孩子的央求，还是在院子里唱了起来。 虽然年纪大了，但到底是有些功夫的，唱起来字正腔圆，几个孩子都认真地听着。其实戏文的内容完全听不懂，但就是觉得有趣。 于是，成贻宾终于相信这位严主义同志确实是会唱戏的，也和他约定好了跟他学唱戏。

这次成时清回来，也是准备待一段时间的。 因为外面已经是烽火连天了，不要说找什么谋生的办法，就是保住性命也是一件很难说的事情。 这几年经过母亲和刘二姐的打理，家里的情况好转起来，到底是有些田地的厚实人家，日子还是往好里过了。 母亲也是有些本事，将镇上那个不怎么赚钱的杂货铺生意收拾起来，专门雇了人照顾也有些进项。 成时清暂时不想出去奔波的原因也不仅仅是到处打仗，他自己也有实际的困难。 他脚上的病一直没有完全好，这些年又在外面奔波劳累，根本没有休息的时候，现在的情况更加糟糕了。 眼看着几个孩子都长大了，成贻奂已经快成年了，成贻淑的年龄也不小了，就算是自己抱着封建保守的观念，女儿的事情不要多烦心，以后找个人家嫁出去，这男孩子的事情总是要打算的。 成贻奂这些年也一直在读书，但是成时清看现在外面时局混乱，自己的家里既然有生意可以做，就想让成贻奂学着做生意。 在外面漂泊这些年还是要回家的，不如现在就不要再出去了。 他不知道老母亲是怎么想的，自己先做此打算罢了。

回到汜水镇上的日子，有了一段安稳的时光。

这时候成家的收入对于这么多人的用度而言，依旧是捉襟见肘的。 成贻奂和成贻淑已经都十七八岁，按理可以工作了，成时清的意思想让成贻奂回来照顾家里的生意，而这话他们夫妻二人研究了很久都难以说出口。 最后成时清在吃饭的时候看似无意地问了一句：“毅生你看，如今时局动荡，你也读了高中了，今后读书也未必有什么好出路，不如就在家中打理生意如何？”——家里都叫成贻奂毅生。 哪知道这话一说出口，老太太先是皱起眉头来，她看看成贻奂放下了碗筷，脸上也满是失落。他对父亲说：“为什么他们能读书，我就不能？”成时清知道孩子是愿意读书的，老太太也叹了口气说：“今后不管日子穷到什么程度，成家都不许提不上学的事情，十七八岁的好儿郎不去读书能有什么出息？就是贻淑这个女孩子家也要读书，不要做那糊涂的夫人嫁给别人家就了事了，现在已经是新社会了！”老太太这一番话让成时清心里也不是滋味，其实他也知道自己这话说出来母亲不会同意的，自己又何尝舍得让品学兼优的成贻奂弃学从商呢？于是，家里便支持他继续读书，这一年他考上了南京中央大学，这是成家出的第二个大学生，大哥成贻典是复旦大学的高材生。成家四个子女已经有两个孩子上了名牌大学，这在镇上也是少有的事情。不过外人也不知道，这上学也不是容易的事情。成贻典毕业之后去了南京后又转赴重庆工作，和家里几乎失去了联系，有几次给奶奶寄来点不多的钱，后来就音信杳然了。家里的经济状况非常勉强，成贻奂去南京读书以后，成贻淑和成贻宾还要读书，用度又开始紧张起来。

无奈之下，成时清和老太太商量卖了一些田地供孩子们上学。在这个时候金钱财宝也许不重要，几亩薄田其实真是保命的，一来它是抢不走的财产，二来有这田地身上只要是有力气总是不会断了生路的。这汜水镇上也好，就是走遍天下也好，谁不想家里有个良田千亩，这才是安心舒坦的好日子呢。现在为了孩子们上学要卖地，这在汜水镇上的人看来，真是有些“败家子”的意思了——这成家世代读书的事情确实是受人尊重的，但是为了读书把家里吃饭的田卖了，这就真有些让人想不通了。什么书中自有千钟粟，什么书中自有黄金屋？现在的日子就是求有口饭吃，读那么多书满肚子学问也解决不了肚子饿的问题。想着成时清也是读了不少的书，虽然也能谋点职务，但是养家何其艰难，带着孩子四处奔波，如今也不过是回到汜水镇上来，也没有见到他那满肚子的知识到底有什么大作用。现在竟然到了卖地维持的程度，却偏偏还要让孩子读书，这真是旁人百思不得其解的事情。

但成时清并不管这些闲言碎语，老太太信念也坚定，不管别人说什么，孩子总是要上学的。成贻宾回到汜水后倒是没有读什么书，眼看着就要上初中的他，却忙着和外公学戏，外公想让自己这最小的外孙将来做个好儿郎，就专门教他《四郎探母》的唱段。这戏一名《四盘山》，又名《北天门》。杨四郎延辉在宋辽金沙滩一战中，被辽掳去，改名木易，与铁镜公主结婚。十五年后，四郎听说六郎挂帅，老母佘太君也押粮草随营同来，不觉动了思亲之情。但战情紧张，无计过关见母，愁闷非常。公主问明隐情，盗取令箭，四郎趁夜混过关去，正遇杨宗保巡营查夜，把四郎当作奸细捉回。六郎见是四哥，亲自松绑，去见母亲等家人，大家悲喜交集，抱头痛哭。只是匆匆一面，又别母而去。

母亲在一边看着成贻宾拿腔拿调地学习着，脸上露出了难得的笑容。可是在严相清的心里，这点笑容是没有的，在她眼前的是家里为难的日子，眼看着老人们都更加地苍老无力，不要说以后赡养他们的事情，即便现在自己身上的担子也越来越重，这个大家庭迟早要交到自己的手上。她点了一根烟，坐在一边抽着，偷得这片刻的闲暇。

成贻宾从小就见母亲抽烟，他读书的时候听老师讲烟草的坏处，回来就央求母亲戒烟。可是严相清只是嘴上说说，对于这个大小姐出身的女人来说，这是她最后的一点爱好了。虽然她自己也知道这并不是什么好事情，但是这一口确实是难戒除的。其实在这个女人的心里，难以戒除的哪里是这支烟，而是那捉襟见肘的日子对自己以及这个家庭的逼迫所带来的压抑，对一个女人而言这些重担已经越来越让她觉得沉重，但是想扔下不是说像扔一个烟头那么简单的。就连成时清也觉得这日子难以承受，所以看到妻子抽烟他也并不阻拦，怪只怪自己这个读书人到底没有什么本事，只能让妻儿和自己一起到处奔波受罪。令他感动的是，这么多年来，妻子对自己和家庭是不离不弃，从一个面容姣好的大小姐成了一个什么事情都能拿得起放得下的家庭主妇，妻子的付出确实也是巨大的。

但是十岁的成贻宾却似乎有这点执着，想着办法一定要让母亲将烟戒掉。他和外公学习京剧的时候，发现这杨延辉的名字音近似“洋烟灰”，于是唱到这名字的时候就在母亲面前走来晃去，反复唱“杨延辉”三个字。严相清又好气又好笑，明白是谐音“洋烟灰”，知道这个小家伙心里的鬼点子，但还真的就感动了她，真就把这烟掐了不再抽了。老太太见成贻宾用几句唱词劝得自己的母亲戒了烟，心里自然也是十分地喜欢，摸着他的头说：“真是人小鬼大，大人们怎么劝也没有用，这孩子几句话就让她戒了香烟，也真正是母子情深。”

这汜水人有句俗话叫作：一句话能把人说得跳起来，一句话能把人说得笑起来。孩子虽然还幼稚但已经懂事，成贻宾用自己的小小鬼点子说服了母亲，这些话虽然也并不是什么大道理，可就是能说到人心里去。说到人心里去的有时候未必就是大道理，而且同样一句话也要看是谁来说，要是老太太来说，哪怕是严相清的父亲严主义来劝说，也肯定是没有什么效果，甚至还要引起她的反感。不过自己的儿子学了几句京剧的唱词，居然想到用这谐音来劝导自己戒烟，这在严相清看来既是一件很好笑的事情，也是一件非常感动的事情，她还真就心甘情愿地放下了烟卷。

严主义这个晚年相信了共产主义的旧地主，看着自己这乳臭未干的小外孙，满脸堆笑着说：“你别看这成家出了复旦和中央大学的高材生，以后这成贻宾定然比他们还要出息，这个孩子的心思不是一般人能想到的，真是好，真是好！”

第三章
见证苦难

1938年，成贻宾进了宝应中学开始读中学。

家里的情况依旧窘迫，成时清一时也找不到合适的工作，镇上小店的生意也清淡得很。因为脚病不宜外出，成时清就在镇上设馆教书做起了塾师。因为战乱频仍，很多人都不愿意将孩子送出去读书，然而又不能看着孩子做睁眼的瞎子，加上成家一向的名望，成先生的学问也是大家钦佩的，所以便愿意将孩子送到这个人的学堂里来。成时清所教的除了识字自然有新的学问，并不是像过去的私塾一味讲什么经学传统。他在外习得的学问，加上他这些年在外的经历，教起这些学生来是不成问题的。只不过都是家门口的孩子，所收的薪资也非常有限，基本上算是打发时光的事情。不过这样也好，省得赋闲在家无聊，他知道自己做生意是没有什么长处的，唯有这读书教书还有些心得，所以就当作消磨时光。也是无奈自己的脚病不好，走不了远路做不了大事，一切只能委曲求全。好在依旧有老太太那句话：天无绝人之路，只要是有口气手上不闲下来，总不要担心真会饿死在这世上的。

在宝应中学读书的成贻宾，表现得异常地刻苦，成绩自然也是非常优秀的。他已经知道如今家世颓败，长辈们生活也非常地不容易，这世道也是荒凉，没有人能够帮助自己，人人自危，都在自保。自己的家庭不如过去那样有厚实的家底，现在已然是大不如从前，更不要说有什么有权势的人物可以仰仗了。他经常听外公说这世道，说过去成家和严家光景好的时候，家里的亲戚朋友也是比一般人家要多的，后来家道中落又受到军阀的骚扰，一夜之间一蹶不振。可是一蹶不振的何止是这难过的日子，还有那怎么也想不到的冰凉的人心。过去不要说去和人借东西，逢年过节虽然知道严家成家日子好过，却还总有亲戚朋友锦上添花地送来些应时的礼物，当然人来了也少不了要给带来的孩子一两个银元之类的作为“欢喜账”。这个地方的人，把这种因为人情而来往的钱财叫作“欢喜账”，意思就是虽然出了钱，但是因为人情的关系，心里总是欢喜的，那些钱财就不足挂齿了。可是自打日子难过之后，那些平素里热络的亲朋们好像一时间就不见了，有时候见了，也是显得非常地冷清，总会这么应付：“你瞧瞧这世道，那简直是看不下去了，无奈！无奈！”人家已经说无奈，你就是再怎么着也是开不了口了。

所以严主义现在常常说：望山跑死马，倚亲饿死人。成时清的母亲知道他的意思，她也感受到这种世态炎凉，但又觉得这兵荒马乱的年代大家也都不容易，从古至今都是这个样子的，人与人之间也没有必然的义务如此。她说得比严主义还要通俗：门前站的高头马，不来亲戚就来人；门前放的打狗棍，骨肉至亲不上门。这话就说得更令人伤心，但是她觉得这也没有什么，你只要是明白了这个道理，就不会去依赖和期盼，这样就不会有什么失望和伤心，说到底自己的日子还要自己过。有时候亲戚朋友是帮急不帮穷，别人帮得了你一时却帮不了你一世，所以一切还是需要你自己去努力。这话是老太太自我安慰的话，也是说给孙子成贻宾的话。现在家里的实际情况如此，实在怪不了天，也怪不了地，一切只有靠自己。要说家庭条件，过去好多人丰衣足食，可是儿郎就是不听话，那种败类糊涂蛋多得是；倒是那些寒门的孩子知道刻苦，一个个鲤鱼跳龙门了。所以说，不管是时局不好，还是家境艰难，一切都要靠自己的努力。远的不说，就说家里面的情况，自从成时清这一辈家道就开始不济，不过成贻宾的哥哥姐姐都非常地刻苦争气，两个哥哥考上大学之后，姐姐成贻淑也是不负众望，一个女孩居然考上了复旦大学的银行系。这一门三个名牌大学生，不要说是在氾水，就是在宝应县都算是首屈一指的了。如果成贻宾学业有成也能考上大学的话，这一门四个孩子就不仅是光宗耀祖的事情了。

奶奶对成贻宾说的这些话，他深深地记在了心里。哥哥姐姐没有因为家境不好而放弃读书，家里面即使是父亲身体不好，家庭收入微薄，但从来没有少他们上学的钱，他虽然人小，但是早就明白了要自己刻苦的道理。兄长们对自己的影响是对自己的激励，尤其是成贻典投身革命，早在自己出生的时候就在恽代英的介绍之下担任了革命事业中重要的角色，这些都是他身边的榜样，是家里求学上进激励人的好家风。所以成贻宾进入宝应中学读书后，虽然父母不再像过去一样时时刻刻在身边照顾，但是他幼小的心里已经有了强大的信念，他也要通过读书走上一条光明的道路。

在宝应中学，成贻宾凭着自己的聪明和刻苦，学习成绩一直是名列前茅。他在各门功课中都是佼佼者，学习上经常被先生们作为全班全校的典型来表彰。同时，成贻宾还是一个非常热心课外活动的积极分子，学校组织演讲活动都是他得第一名，许多同学都争相抄录学习他的演讲稿。他的演讲受成贻典的影响最大，总是有最为新潮的想法。一次学校组织“如何爱我中华”的演讲。这样的演讲主题看起来非常地宽泛，但是想要讲得令人动容，就不能光说大道理。再说这时候国家外忧内患，有些事情大家心里知道怎么判别，但是并不能在公开场合拿出来说，那该怎么办呢？班上的同学心里都有些着急，因为他们既不想违心地说政府当局的好话，毕竟有些事情确实是乏善可陈；当然也不能过于激烈地抨击侵略者的暴行，毕竟这些禽兽一般的东西会时刻举起罪恶的枪口。而他们最想说的内容最是不能说，那就是共产党的政策是为了老百姓的，但是就当时的形势来讲，这些话是万万说不得的。成贻宾到底是聪明，他觉得，要爱我中华，作为一个普通的学生、一个普通的人，未必一定要去战场打仗，一定要和敌人作面对面斗争，应该先要强大自己本身，要能够先做好自己的事情。所谓齐家治国平天下，一个人想要有所作为和贡献，首先要做好自己的本分；同时，不管在多么恶劣的情况下，都要能够守住自己的信念，也许今天自己所信仰的东西还不能得以实现，但是一定要有坚定的信仰，这种信仰具体到自身就是不断地强大自身的体魄和信念，如果每一个中国人都有为了国家和民族的未来而奋斗的信念，并且为此切实地提升自我，这就是最大的爱国，这也是最起码的准备。他的这个想法得到了老师的认可，教了一辈子书的先生对他频频微笑，他为有这样明理而聪慧的学生感到由衷地骄傲。

成贻宾的演讲稿写好之后，送给老师审阅，先生一句话都没有修改，对他说你的思想看起来很简朴，但确实非常地务实，一个人只有把最简单的事情做到最华美，才是最大的成功。这次演讲成贻宾毫无意外地得到了第一名，以至于同学们都说，只要是有他参加的演讲比赛，就没有人关心第一名是谁。成时清夫妇见到孩子如此长进，也是打心眼里感到高兴。他们觉得自己吃的苦受的罪没有白费，对于一个家庭来讲，子孙的兴旺是最大的成就。他们就是再辛苦，看到孩子们一个个努力进取，心里总是宽慰的。

在成时清的心里，他对自己的处境也颇为踌躇，只不过困顿如此他也无能为力。他看到自己的孩子蓬勃朝气，心里到底是有些安慰。他有时候一个人思考时局和家境，觉得冥冥之中总是有一种力量在支配着。想到这么一个国家，本来繁华胜景，可是敌不过外敌内乱的纷争，终于弄得四分五裂战火纷飞。可是，那敌人的炮火再蛮横，似乎中国人的脊梁依旧挺直，虽然也有不争气的子孙，但总的来看，还是有铁血男儿保家卫国的志气在，这些年生灵涂炭看似濒临崩溃，但到底是坚挺地站着。站着的国家有些令人心酸，南北东西一片炮火之声，就连这下河的穷乡僻壤也免不了灾难。但即便悲情如此，也还是有一种豪情和坚决，不让敌寇的阴谋得逞，敌人的蛮横更加激发了民族的斗志。倒下去的是英雄儿女，一批一批的子孙后代又毅然站立起来，哪怕是还稚嫩，却总有一种力量让人感觉到新生的血气方刚。他总觉得，这个国家此时不管多乱，一定能够挺过来，这么多年都能屹立不倒，那么不久的未来不管苦难多么深重，也一定能够傲然屹立。他想到这些也是因为经常想到自己的孩子们，想到一个家庭里的变化，他从孩子的身上看到，尽管有句老话说“十年河东，十年河西”，也就是“花无百日红”，可是一代又总比一代强，过去的繁华终究会败落消失，可新的希望依旧在蓬勃地生长。他看到自己的孩子，就坚信自己的想法是对的——总有一天自己的家、自己的国家一定能够在这些看起来稚嫩的孩子手中维护和建设得更好。这就是一种信念，就是一种气息，就是一种力量。所谓人争一口气佛受一炷香，中国人没有那么容易就被打倒，这脚下的土地不管有多少苦难，依旧是我们自己的家园，豺狼虎豹的力量再强大，也不过是践踏别人的领地，终究得不到上天的帮助。苦难不会让正义的土地失去信念，得道多助失道寡助，那些看起来强悍的侵略者终会因为他们的不正义而失败，他们践踏别人的家园终归是要被赶走，因为这片土地始终是黄皮肤中国人的家园。

1939年是农历己卯年，是成贻宾的本命年。这一年的历法非常奇特，是数十年所未见，2月19日春节，恰逢雨水节气，6月21日端午节，恰逢夏至节气，上一次这个情况是在1901年。成时清在教书之余看这些，是在想这连年的战乱到底什么时候才是个尽头，难道真的是流年不利所致？日寇铁蹄任意践踏国土，到处烧杀抢掠，生灵涂炭。而当时投降妥协的风气也一度造成了抗战的危机。早在1938年春夏，日军占领太原及临汾、长治等重要城市及交通要道后，华北日军集中兵力开始进攻徐州，并南下进攻武汉，华北的日军主力大部分被抽调到上述两个区域，暂时减弱了对八路军的进攻压力。八路军也由此获得了一个极其宝贵的发展时机，按照八路军总部当时的要求，八路军各部从山区向周边平原地区迅速发展，同时抓紧时机巩固发展山区根据地。当年10月，随着徐州战役失败、武汉失守，全国抗战进入相持阶段，国内的政治形势发生了逆转。

1939年1月，国民党召开五届五中全会，把国民党的政策重点从对外逐渐转向对内，开始实行消极抗日、积极反共的方针。在华北，河北省主席鹿钟麟上任后，很快就背弃了同彭德怀、刘伯承达成的合作抗日协定，同反共顽固分子、河北民军总司令张荫梧一起，加紧扩充实力，散布反共、反八路军的谣言，宣布取消抗日的冀南行政主任公署，撤换抗日县长，使河北摩擦愈演愈烈。阎锡山也在山西把矛头指向积极抗日的新军、牺盟会，3月，阎锡山在陕西秋林召开军政民高级干部会议(即秋林会议)，公开提出要取消新军中的政治委员制度，要求新军中担任领导的共产党员放弃对新军的领导。在这种形势下，华北抗日军民面临着前门打虎(打击日本侵略军)、后门拒狼(防止反共顽固派的进攻)的局面。面对这种局面，朱德、彭德怀提出反摩擦斗争的原则：硬不破统一战线，软不丧政治立场。

整个危局如此，各地岂能安生。正所谓覆巢之下焉有完卵，是年8月，日寇侵占宝应。地处下河的土地已经是积贫积弱，但是杀红眼的侵略者貌似强悍地踏上了这片土地，他们自大地认为坚船利炮可以征服一切，而他们丧心病狂的举动不过是灭亡自己之前的疯狂之举。他们所犯下的所有罪行一定都有报应，只不过此时此刻这片土地上的人们还要接受战乱的迫害与洗礼。这种痛苦一时间是令人难以忍受的，满目的战火令人愤怒与恐惧，土地在颤抖中哭泣，在困顿中挣扎。每一个人看到自己的家园被霸占与摧毁，心里总是充满着悲凉，哪怕是一个目不识丁的农人，也会咬着牙骂那“鬼子”的凶残。即便不说出口，这样的疼痛与愤怒一定也充溢心胸。

成贻宾耳闻目睹日本强盗在宝应杀人、放火、抢劫，犯下种种罪行。8 月 4 日，侵华日军华北派遣军一股自淮阴南侵宝应县城。是日傍晚，日军由老西门进城，用坦克撞坏宁国寺西券门一角，并在鱼市口架起大炮，向东门外不停轰击示威，还强占宁国寺街民宅驻扎下来。两日后，该股侵略日军自行北撤。10 月 2 日，侵华日军华中派遣军小川伊佐雄率二百余人，携带大炮数门、坦克两辆、汽艇和小型军舰六艘，由高邮北犯宝应县城。日寇从三官殿附近登岸，于画川书院构筑工事，设立据点，并向城东炮轰数日。之后日寇又先后在泾河、黄浦、氾水、杠桥以及张桥等集镇建立据点。

从 8 月到 10 月，三个月之间，日寇不断用飞机轰炸曹甸、崔堡、安丰、林溪、望直港、芦村等集镇，炸毁民宅 560 多间，炸死炸伤无辜民众 70 余人；接着日寇飞机又轰炸了射阳镇和曹甸李沟，炸死炸伤百姓 100 余人。日寇还多次放火烧民房，其中一次就在曹甸镇、金吾庄、望直港烧毁民房 1100 多间。日寇曾血洗大、小瓦甸和夷家沟等 11 座村庄，49 名百姓惨遭杀害，1366 间民房被焚毁；在氾水赵庄杀人放火。在被杀害的 14 人中，有 11 人被当作活靶子练习刺杀，更为伤天害理的是这伙强盗在秋月庵竟用刺刀挖出一个农民的心肝炒着吃，真正令人发指；在氾水镇将妇女抓来先奸后杀害。据不完全统计，日寇在宝应县境内共烧毁民房 11600 间，其中曹甸区 2800 多间、氾水区 4500 多间、望直区 1200 多间、石塘区 3000 多间。张桥、曹甸、王营、射阳、芦村等集镇多次遭到日寇放火焚烧和飞机轰炸；杀害无辜民众2600多人，绑架近1万人，打伤致残1390多人，因日寇暴行致成孤老孤儿6300多人，流离失所的近4700人。而当时国民党顽固派县长却带着一群官员和常备队武装1000多人对这伙强盗不作任何抵抗就仓皇逃至宝应县城东南小官庄的南林子一带。宝应县中学也被迫迁至宝应县东南农村柳堡、潼口寺一带。

此时成贻宾和同学们面对日寇在宝应所犯下的种种罪行，不由地又回忆起两年前日寇在南京惨绝人寰的大屠杀，三十万无辜百姓惨死在日寇屠刀之下，在扬州又发生了“江都仙女庙镇惨案”“天宁寺惨案”和“万福桥惨案”等等。日寇所犯罪恶真是罄竹难书。他和同学们议论起来无不义愤填膺。对国民党顽固派政府和武装不抵抗感到十分失望和愤恨。然而愤恨也是无济于事的，一面是侵略者长驱直入的铁骑，一面是岌岌可危的形势，学生们赤手空拳面对这种情况也只能是空有余恨。尤其是对于成贻宾这样年龄尚小的学生而言，在大人们的眼睛里他们还是少不更事的孩子，可是他们心里是热切的，恨不得也能够举起枪与敌人决一雌雄。年纪尚小的他们不明白，为什么外人打到了家门口，自己人却不能说什么，只能做沉默的羔羊。成贻宾有一次问校长：“我的民族有四万万同胞，而那侵略者在我门口横行，为什么不能够团结起来将他们赶跑？”其实成贻宾的这些问话根本不用校长来回答，最大的问题并不是我们穷困和落后，而是我们没有能够团结起来。在这宝应城里的日本军队不过几百人，却偏偏能够将一个城市控制住，就像是一个人被扼住了咽喉一样，根本没有招架之力——其实很多时候并不是没有招架之力，而是根本就没有反抗。

不反抗也并不完全是老百姓麻木不仁，主要是老百姓看不到希望，看不到当局的决心，他们不想做困兽犹斗的事情。如果当局能够铁了心地进行抗日斗争，老百姓一定会殊死拼搏捍卫自己的家园。奈何连这几百名日军也知道这些老百姓因为对自己的政府失去了信念和信心，所以断然是不敢反抗的；在汜水镇这样的地方，人口虽然密集，但是只要几挺机枪就能够守住了。日本人觉得老百姓怕死，可老百姓并不是一味贪生怕死，而是怕自己死得不值得。如果大家能够团结起来，真正地和敌人斗争，断没有在家门口被人欺负的道理。汜水镇上的人，有时候也会遇见外地人来闹事，可大家都能够团结起来，他们的道理也非常地简单：在家门口还能把架让别人打走了？可是现在外国人打到中国来了，这些个子不高的日本人居然靠几杆枪就把一个地方给震慑了，这不是因为敌人太强大，而是我们太无能，我们自己人的枪没有能对着敌人，而是对着自己的同胞。

时局就是这样子，令人愤懑而无奈。因为战事进一步吃紧，上学的孩子也没有心思读书，家长们也害怕孩子们聚集在一起，万一这日本人的飞机丢下炸弹来，岂不是全部完蛋了？想来想去还是作鸟兽散去了的好，读书是重要，但是相较而言眼下还是保命最重要，所以孩子们大多也走了。留下几个家里困难的，学费交得也少，家长们碍于老师的情面依旧送来学堂。成时清看到这种情形，知道不必再勉强，便一挥手散了这几个孩子，自己好生安息。他脚上的病这些年就像是这永远不能安宁的时局一样，总是困扰着给他以及他的家庭。他正好借这段时间再好好地看看病，甚至打算去南京看看——一来成贻奂到了南京工作，写信来说了情况，还汇款给家里，他想着儿子在南京，自己去看病也有了人照应；二来一位故交写信给他，说南京的时局也在变化，请他去教育厅工作，之前成时清也是有在那工作的经历和经验的。对于这件事成时清很有些顾虑，这些年他在外面漂泊得累了，没有那种热情再去奔波。况且这变幻的时局让人伤心，不知道哪个是可靠的，说不定过几日又是改弦更张，白忙一场钱倒是小事，就怕让人费了精力却又不得安宁。

他虽然在乡野，但是南京的情况也是知道一些的，天下的形势虽然风起云涌变幻多端，但此时的中国也就像是一个开放的舞台，没有什么阴谋阳谋可以隐藏，在支离破碎的国土之上，各路有识之士和各种跳梁小丑都挤在台上，各自有着自己的抱负或者妄想。一切都已经和盘托出，侵略者的野心已经昭然若揭，而汉奸走狗的痴心妄想也早就按捺不住，好像国难对于这些人而言恰恰是一个难得的机遇。他们或者想到随时能够登高一呼，或者马上就能够成为最高权力的拥有者，他们不知道的是，这个看似飘摇的古老国度，从来都有一种颠扑不破的力量，根本不是小丑们就可以玩弄的。世界上，那么多古老的文明或者灰飞烟灭，或者支离破碎，唯有这片东方的神奇土地依然坚强不屈。对于这一点，外来的强盗和自家的小丑似乎依旧不死心，他们想以螳臂当车的勇气对抗着这个古老国度的坚强力量，势必也只能在历史上写下一段笑话。成时清对于这个问题的思考是深刻且有坚定信念的。譬如汪伪中央政权酝酿了一年零三个月，原来国民政府的建筑在沦陷中给日军捣毁得支离破碎，故汪氏的“国民政府”，迁入了战前考试院的旧址。据说这天清晨，礼堂挤得满满的，没有热烈高兴的气氛，全场一片冷静。汪氏出现了，许多居高位的武官着军装，文官着蓝袍黑褂，唯有汪氏穿着一套晨礼服，仍然如当年的丰采，但开始显得有些苍老和憔悴。汪氏的演说，一向充满煽动性，生动而有力，可今天他声音很低，讲话无力，这也许是他一生中最失败的一次演讲。他讲话的大意为：大亚洲主义是中山先生北上过日时所提出的最后主张；历史上决元百年不和之战；收拾山河，拯救苍生。典礼在他讲完以后，匆匆地结束了。在礼堂门口，全体合照了一张相。一切外交上常例的各国使节的祝贺形式都没有，日本也并没有像周佛海所力争的派出了常驻大使，连日本驻华最高司令官西尾等也是到了翌日上午，才往汪政府做形式上的周全。

汪政府的成立颇为凄凉。重庆国民政府发表了一百多人的通缉名单，自汪精卫起，包括汪政府的院部会正副长官以及所有次长在内无一遗漏。

当下的形势云遮雾罩，他这一介书生也不想再陷于时局当中——也许并不是观望，而是有些放弃的意味。不过好歹也是受不了热心人的劝说，上次一封信后他又收到前如皋师范校长徐季敖的信。这位在如皋的旧相识现在做了教育厅长，没有忘记在里下河的成时清，又写信来请他去教育厅做会计主任，这次连职务都说得很清楚。成时清与妻子商量，严相清对此也没有什么特别的意见，不过想到成贻奂从重庆回到了南京，确实可以带他去南京好好地把脚病治疗一下，一合计这南京的工作还是可以去。不过他们不能自己去南京，母亲的年龄也大了，严主义现在是一人吃饱全家不饿，根本没有能力照顾成贻宾，要是去的话就要带上成贻宾一起，他就要转学到南京去了。

为此，成时清又写信给成贻奂，问他如果在南京，弟弟成贻宾上学的事情可有办法解决。成贻奂多年打拼现在也是汽车厂的工程师了，这点事情自然是小事，回信来说已经和模范学校联系，可以在那里读书，并告知如果想来的话那就中秋之前回家去接他们来南京——对于成贻奂而言，这么多年在外，他也早就想着回老家去看看，那汜水老街都要成梦里才能到达的地方了。这信一来成家也满心地欢喜，老太太高兴地说："你们这次去南京如果生活能有些眉目的话，那么我日后也要去南京，过过大城市的日子，这汜水镇上也是待够了——把那严主义也接到南京去，让他自己去看看，什么是真正的'三民主义'，这些年我们耳朵老茧都听出来了，让他也去见见世面，不能再让他哄骗我们……"老太太也是说得开心，她其实哪里能够放得下这现在虽已人丁稀少的成家大院呢?

不过就这么一说，没有过多长时间，成贻奂就真的回到了汜水镇上来接他们了。这些年没有见，成贻奂更加地成熟，似乎说汜水的方言也有些别扭，不过是自家的孩子也并不显得有隔膜，老太太还像是小时候一样摸摸他的脸说："毅生，这些年你在外面吃苦了!"成贻奂被这么一说心里有些不是滋味，但他也知道家里的情况，这个时代就是这么动荡，也怪罪不了谁。他见到成贻宾最为意外，以前见的时候还是一个小孩，如今却已经长得像个小大人了，成贻宾与哥哥们一样长得很漂亮，大概遗传母亲的优点多一点，更加清秀俊逸一些。成贻奂他还记得过去见到四弟成贻宾的情形，那时候四弟还到处问这问那，现在却俨然一个非常沉稳的小男子汉了。听说他的成绩也很不错，成贻奂心里也很是高兴。在这汜水镇上，像他们一家几个孩子都有大出息的确实也是少有，现在想起来也确实和家里一直重视教育有关系，这书香门第的家风到底是浸润了几代人的。

成贻奂在汜水住了几日，家里人的东西都收拾好了，一家四口就踏上了去南京的路程。老太太依然送到路口还不肯回来，还是刘二姐安慰她，孩子们都出息了，迟早会带她去南京享福的。成时清回头看看母亲满头花白的头发，心里也很不是滋味，这些年为了自己和孩子们读书，母亲真是操碎了心。可是不管日子艰难到什么程度，她都没有过不给孩子上学的念头，哪怕是典当家产也要供他们上学。这路口相送的场景不知道有过多少回，这六角亭见证了一家人的聚散离合。如今不知道这次去南京到底是什么样的状况，计划不如变化，这些年的奔波虽然让成时清和家人已经习惯了这些，但毕竟自己的年龄也慢慢地大了，加上自己身体不好，也真的经不起折腾了，要不是为了孩子，有时候想想就在汜水读书开馆，了此残生算了，何必还要去劳心劳力地奔波呢？不过这些话也就是在心里想想，往前的脚步哪里有倒退的道理呢？他又看看一路扶着自己的妻子，这个女人与自己辗转了这些年，头发也开始白了，为这个家庭也是操碎了心。他现在就想着去南京能够安顿下来，让成贻宾好好地把书读完了，以后上了大学自己成家立业了，他也算是了了自己的心愿。至于自己的事业，他一向是没什么大的追求，他觉得出来做事就是为了养家糊口，没有什么高远的志向可言。再说，这样的年头，还有什么梦想可以谈的呢，今天上午想好的事情也许下午形势就不一样了。所以，这一次来南京工作，开始也有顾虑，毕竟这是在所谓的汪伪政府，说起来好像不那么好听。可是什么人来执掌这个政府那是政治家的事情，政府总是需要一帮人来做事情的，这些做事情的人没有什么党派政见之分，至少对于成时清这样的人来说，这份工作就是为了养家糊口，就是明天再换了什么主席，他依旧是做自己的工作，因为这些事情和他这个读书人是没有什么关系的。他没有什么大的抱负，也不会做什么坏事情，就是做一份差事而已，没有任何的政见立场可言。

成贻宾由于品学兼优，而获得免除一切费用的入学待遇。他考入高中后，更加努力学习，积累知识打好基础，争取将来考进大学深造，学到更多的知识，报效国家，施展自己的才能。他对有一些同学整天昏昏糊糊，随波逐流，三三两两打闹嬉戏，不珍惜青春宝贵的时间发愤读书，常感到十分惋惜。想起古人曾一再告诫人们“业精于勤，而荒于嬉”，“少壮不努力，老大徒悲伤”，他就经常有时不我待的感觉，他不仅感觉到时间不够用，而且巴不得自己早点能够学有所成走上社会，参与到国家的管理和建设之中。只有这样，他觉得今天的努力才有意义；也只有今天的努力学习才能够练就一身本事。否则，整天只是混沌无为，或者一味地失望和无奈，这是一种消极的态度。如果一个国家的年轻人从小就养成这样的习气，今后还有什么希望可言呢?他的这些想法放在心里，对有些要好的同学他才说，因为他怕别人笑话他这个乡下来的学生是“心比天高，命比纸薄”。不过老师很喜欢这个下河来的孩子，他想法多而且很刻苦扎实，不像有些城里的孩子眼高手低或者嘴勤身子懒。

说到成贻宾的想法多，他确实是很有思想，而且想得还很透彻，比如他还对当时国文课只教一些诸如《古文观止》，英文课上专教《天方夜谭》一类神话故事很不满意，这些不是照本宣科，就是像念经一样，枯燥无味，脱离社会实际，没有一点生活气息。他对当时教育的感受是：“教育仿佛要把我们拉到‘木乃伊’的坟墓里去似的，不允许我们嗅到一点现代气息！”他很想学到新鲜的知识和文化，从而提高自己的知识水平。他觉得要建设好这个国家，靠着那些发霉的旧文章是没有用的，靠着西方的神话也是没有用的，只有科学知识才能改变中国的命运，只有真正的强大和发展才能改变这种落后挨打的状态。中国人也不是天生就愿意受到人欺负的，那些外国人不过是掌握了先进的技术，他们的武器先进所以才恃强凌弱而已，而要改变这种现状也只有自强不息。正如多少年前在高邮做知州的魏源说过的，要“师夷长技以制夷”，而不是整天埋在故纸堆里搞什么研究文章。对于当下的中国，只有真正地先让国力增强，科技进步，才有赶走侵略者的希望。也只有赶走了外来侵略者，建设统一的国家，老百姓才能过上安居乐业的生活。

于是，他决心和同学们一起探索学习前进的道路，他就和一些同学办起《青年生活月刊》，主要刊登进步文章，以及同学们自己的思考。他觉得那些先进的思想能够感化年轻人振作精神做事情，能够鼓励他们为了国家和民族的兴旺而努力，能够提醒他们为了此生不碌碌无为而奋斗。在这些文章的指引之下，再让大家集思广益，针对时局说一些自己的看法，这样的话就能够更加切实地让他们明白自己的处境和应该怎么去做。青年人是这个国家的未来和希望，不管现在的情况是如何地糟糕，但是一定不能失去对生活的希望，因为未来始终是年轻人的。而现在时局混乱，少有关注年轻人的想法，那些政客们为的是自己的地盘和利益，况且内忧外患，所以年轻人只有自己团结起来，改变自己的思想，振作自己的精神，加强自身的修养，提高自己的能力，才能够为将来做一个有用的人奠基。现在他们做的这本刊物看起来非常地不起眼，平时编辑的时间和印刷的费用都非常地紧张，但是成贻宾和同学们一起，哪怕是少睡觉，也要自己亲手编辑，为了省钱自己去印刷厂帮着装订刊物，这样的话就可以用有限的钱多印刷一点，这样也就可以让他们的想法被更多的人知道。这份刊物一开始并不起眼，但是在他们的坚持之下终于成了一本大家喜闻乐见的生活月刊，成为大家身边的好朋友。这件事情做成了之后，班上那些城里的同学，对于这个有些消瘦的从乡下来的孩子刮目相看，他们没想到这个孩子有这么大的能量，能够做成这么一件令人羡慕的事情。最高兴的自然是从中受益的人，他们觉得成贻宾帮了自己一个大忙。平时有些同学行为涣散，思想非常不集中，做起事情来也没有方向。现在在成贻宾的带领之下，做了这么一件有意思又有意义的事情，平时那些游手好闲的家伙也知道读书看报了，有时候还对书上的观念进行讨论，甚至争论起来。反正一切总算是好起来了。看到年轻人这种振奋的状态，老师和学校方面也感觉到非常欣慰。确实，如果一个国家的年轻人都萎靡不振，这个国家无论如何也是很难有希望的。不管这个国家是什么样的状况，不管战争打到什么时候，不管经济落后到什么样子，如果一个国家的青年没有信念和信仰，这是比穷还要让人害怕的。

成贻宾无疑成了班级甚至是学校的名人，大家都知道这个从苏北来的孩子非常有见识，也非常有抱负。当然成贻宾也知道，自己要走的路还很长，不能因为眼前做了点事情就觉得自己很了不起了，学习是永无止境的事情，如果想要修炼一身的本事还是需要更多的时间去学习知识，去完善自己，这是一件永无止境的事情。所以他也一直注意不断地完善自己，他常买英文版书刊来不断学习，从这些英文书刊中学到世界上最先进的思想和科学知识，能够追上世界发展的步伐。他觉得自己真的是非常幸运，虽然眼下到处都在打仗，老家也是一片狼藉，但是战乱之中他能够来到大城市读书，这是一件非常难得的事情。南京的学校自然要比宝应的学校好一点，思想和信息都要比乡下的学校活跃和及时，他有机会接触到许多新鲜的知识与见闻，而这些在乡下是无法想象的。当然自己前一阶段学习打下的基础也是扎实的，这就让他到南京学习时变得如虎添翼，老师稍加点拨他就进步很快，成为大家学习上的榜样。

所以他有时候觉得这也是一种不幸之余的幸运。

成贻宾转入南京模范中学刚一年，即 1941 年初，发生了震惊中外的“皖南事变”。成贻宾和一些有爱国之心的师生，暗地里谴责国民党顽固派把枪口对着一心一意抗日的新四军，是赤裸裸地破坏抗日统一战线，做了同室操戈、亲者痛仇者快的恶事。成贻宾也对同学气愤地说：“这正像三国中曹植所写的那首诗嘛，‘煮豆燃豆萁，豆在釜中泣，本是同根生，相煎何太急。’这不是暴露了国民党在国人面前破坏抗日的丑恶嘴脸吗？真是令人失望。”他的这些想法是当时很多青年学生的想法，但是他能够说出来还是需要勇气的。在成贻宾看来，他说出这些话真是出于自己的良知，一个读书人失去了这点良知的话，那就不敢说话，或者说不敢说真话，久而久之就只能说假话。知识分子是国家的良心所在，如果年轻的学生都不敢说真话，那么希望那些为了利益而争得你死我活的政客们说真话更是天方夜谭。内忧外患的国家，需要的是真理和真话，如果这个时候还是昧着良心在做事情，或者指鹿为马地为了政党的利益却不顾百姓的死活，这对于那些侵略者来说是最好的消息，因为一切已经不需要这些恶魔来侵略，自己人早就把自己人给土崩瓦解了。长期这样下去，就不再是别人撞开了我们的门，而是弟兄们在家里吵架斗殴，最后打得两败俱伤之后，打开门让强盗自己进来了。对于这样麻木不仁的行为，如果还没有人站出来说，还睁一只眼闭一只眼，恐怕就是侵略者也是要看笑话的。成贻宾觉得本是同根生，这是中国人自己的家事，不过现在是外人来侵扰我们，家里的矛盾不是仇恨，带来仇恨的是那些罪恶的侵略者，应该奋起反抗将这些外敌通通赶走，自家的事情不一定非要刀兵相见去解决。奈何这种想法只是共产党一方面的美好愿景，国民党方面一向坚持“攘外必先安内”的政策，他们这么做很大程度上也是因为依赖帝国主义国家，看着别人的脸色过日子却忘记了本是同根生的亲情。这样的仗打下去，最终还是老百姓受苦，连年的战乱已经让百姓民不聊生，叫苦不迭。

当然现在整个形势有些变化，国内的争斗激烈起来，似乎日本人也在走下坡路——美国人对于日本人的打击是有力的，特别是中途岛一战让整个东方战场有了新的转机。中途岛战役美军只损失 1 艘航空母舰、1 艘驱逐舰和 147 架飞机，阵亡 307 人；而日本却损失了 4 艘大型航空母舰、1 艘巡洋舰、332 架飞机，还有几百名经验丰富的飞行员和 3700 名舰员。日本海军从此走向了衰败。为了掩饰自己的惨败，避免挫伤部队的士气，6 月 10 日日本电台播放了响亮的海军曲，并宣称日本已“成为太平洋上的最强国”。当惨败的舰队疲惫不堪地回到驻地时，东京竟举行灯笼游行以庆祝胜利。美国海军负责人事后评价道：“中途岛战斗是日本海军三百五十年以来第一次决定性的败仗。它结束了日本的长期攻势，恢复了太平洋海军力量的均势。”同时，此战还给日军高层造成了难以愈合的创伤，这一痛苦的回忆直到二战结束也一直挥之不去，使他们再也无法对战局做出清晰的判断。

这样的形势，对于东方主战场上饱受煎熬的人们来说无疑是件好事，它让一直低着头的人们看到了曙光和希望。在成贻宾看来，连绵的战乱对于普通百姓是一种煎熬，对于年轻学子们而言更是一种心灵的撞击，家庭所遭遇的苦难比之于国家受到的凌辱，后者更加刺痛他们的心灵。但是，他们始终坚信自己的祖国有一种力量，世界也一定有正义终将压倒邪恶的力量。他在学习之余，也与同学们议论此事，说到激动处就慷慨激昂甚至义愤填膺，虽然有些话不能公开地讲，但是在同学之间他依旧敢于表达自己的观念。这可不是说说而已的闲话，那是一个学子对于祖国和未来的豪情和担当。他有时候在宿舍里与同学们讲自己的想法，有些同学虽然不敢于发表自己的言论，但是内心都是明白的，他们喜欢成贻宾风采激扬的演说，他们对于这个从苏北来的孩子所有的见识和胆魄感到钦佩，觉得他是一个小小的演说家，是天生具有革命气质的年轻人。有些人就是这样，才华和气质是不会因为出身与时代的束缚而湮没的，他们即使身处最普通的人群，也会闪耀出自己独特的光芒。成贻宾所表现出来的智慧和激情，是一种发自内心的呼喊，喊出了年轻人的心声，也喊出了时代的强音。虽然这些声音对于这个纷乱的时局而言还显得微不足道，但是他知道如果每一个人都有这样的觉悟和担当，那么这一代人就能够形成推动时代进步的洪流。当然他的呼喊也并不是盲目的大声，他对于时事的关注与研究是有自己心得的，这也让大家知道这个工科生并不是空喊口号的人，而是有真知灼见的。

中途岛海战的消息传来之后，他组织了一些志趣相投的年轻人分析形势。成贻宾觉得，说到底还是我们的老祖先说得对：得道多助，失道寡助。日本人的铁蹄踏进了我们的国土，他们认为以自己的强大能带动什么“东亚共荣”，他们忘记了自己是在侵略，他们甚至盲目地认为自己的狂妄是自信。也许此刻在中国的土地上他们依然野蛮骄横，但他们走向失败和灭亡的颓势已经败露了。饱受战火煎熬的中国人，更应该在最困难的时候看到希望，看到正义的力量和邪恶者的虚弱，他们用兽行践踏我们的家园，必然遭到正义的踩踏与摧毁。虽然此时我们看似没有翻盘取胜的力量，但是我们有坚毅的内心，我们坚信一定能够把侵略者赶出我们的国土。想到这里，他觉得目前的苦难是暂时的遭遇，是黎明前的黑暗，是对我们民族力量的终极考验，而侵略者的失败使我们完全有信心：明天胜利的曙光一定会升起。想到这些他和同学们就充满了力量，他觉得时代虽然给了他们苦难，但是也铸就了他们的思想，给他们在精神上以新生，让他在苦难与思考中有了变化，变成了一个自己想要成为的时代青年。

就在这一年，成贻宾的生活还有一个重要的变化：他认识了后来的挚爱彭毓芬。

1942年的暑假，成贻宾回乡小住。现在他已经能够独立生活了，父母在南京工作，暑假的日子他在城里百无聊赖就回了汜水镇陪奶奶。其实母亲知道成贻宾有自己的小算盘，他是想回去和外公学唱戏。不过母亲想着他回去陪陪老人也是好的，毕竟他们年龄大了，总会想着要见孩子。现在成家的孩子里，最小的就是成贻宾，已经十五岁，过去儿孙绕膝的日子老人们只剩记忆了。成贻宾也俨然一个大人了，这几年在外面上学，肚子里长了学问，脑子里有了新思想，对于祖辈的有些想法颇不以为然，与长辈相互之间有时也是难以交流。可是奶奶现在倒是为成贻宾的事情很上心，她觉得上学是很重要，可成家立业也不是小事情。不过老太太也还算是开明，不至于多干涉什么，只是言语之间透出关心。说来也是有缘，就像是安排好的一样，就在这个暑假，隔壁邻居家搬来一个女孩。女孩家是宝应城里的，因为家庭的变故寄居汜水镇上的亲戚家里，亲戚家正是在成贻宾家隔壁。这姑娘长得真是漂亮，高鼻梁大鼻子，水嫩的皮肤白里透红，衣着并不时髦但是整洁，这些也影响不了她的美貌和气质。这个女孩和成贻宾年龄相仿，老太太第一次看到这个姑娘心里就很满意，恨不得马上就让刘二姐去打听她的情况。不过刘二姐对这方面却是有些想法，劝老太太说，心急吃不了热豆腐，孩子的事情先要看他们自己能不能有意思。老太太心里其实也有点顾虑，现在成贻宾已经去了南京，以后究竟在哪里安家也是难说，这女孩的家事也不稳定，倒不是嫌贫爱富，实际的情况也还是要考虑的——不过这些也都只是老太太自己的想法。

成贻宾整日在家，除了盯着外公要学戏之外，就自己在家看书，偶然也出去转转。一来二去，在邻居家也就自然认识了这个与自己年龄相仿叫作彭毓芬的女孩。了解之后才知道，她因为家境不好，初中辍学寄居亲戚家，一时间没有事情就帮亲戚带带孩子做做家务。成贻宾和她说，上学的事情不能耽误，一个女孩子不能只做家务，要为社会多做一点事情。要为社会做点事情，首先就要读书。听了成贻宾的话，彭毓芬也觉得有道理，就在他的帮助下开始利用业余的时间学习初中的知识。刘二姐见成贻宾总是往邻居家跑，回来高兴地告诉老太太：这事情看来真的有戏，两个孩子现在非常地热络。这下老太太倒是不着急了，倒要让孩子们自己相处去。说是相处，其实也就是成贻宾指点她自学，彭毓芬无以回报，就趁早上露水大的时候，掐一捧栀子花放在桌上，这样满屋子香味浓郁但并不腻人。成贻宾走的时候，她让他带回去闻闻，成贻宾有些不好意思，从中拈了一朵，一路上闻着回到家中也舍不得扔掉。他用线将栀子花挂在自己的帐子里，这样的话他的床上都是清香，做梦也能够闻到这样的味道，那是一种青春的美好气息，就像是彭毓芬身上的香味。

一朵栀子花开放在帐子里，开放在梦里，开放在心里。

到暑假结束的时候，成贻宾已经不再喊她的全名，而是直接像家人一样说话，暗地里却是叫她芬妹。彭毓芬说自己比成贻宾小，其实是隐瞒了年龄。一个女孩子不告诉别人年龄很正常，但是她为一个男孩隐瞒自己的年龄，那是因为她要做他的妹妹，想要他关心自己，她是爱上了他而依恋他，宁愿违心地说自己是妹妹，也一定要得到这份被呵护的美好。也许这就是人们通常所说的缘分吧，不曾早一步也不曾晚一步，就在这个栀子花开的季节得到了这一份美好的遇见。成贻宾在外求学的时候知道时局形势不容乐观，回到乡里虽然也有战火波及，但毕竟要比大城市安宁一些，这倒好比是一时间隐遁在桃花源之中，过几日“乃不知有汉无论魏晋”的生活，暂时忘却了现实的烦恼。其实现实的烦恼对于这个年轻人来说，有时候算是“自找的烦恼”，所谓的“自找”是一份自发的责任和情怀——把天下事当成自己的责任的美好情怀，也正是因为有这样的年轻人，国家才有希望和力量。成贻宾回乡也不曾忘却时事，只不过几天安静日子让他更加冷静，更加觉得作为年轻学子，要为了生活和国家的长治久安，付出更多。上天也是眷顾这样的年轻人，让他在这个时候遇见了年纪刚刚好的爱人。对于彭毓芬而言，与成贻宾的遇见更让她感到幸运与幸福，本来是家道中落的孤苦与无奈，上天却在这时候给了她一份美好的礼物。虽然一切才如花蕾绽放，但他们已经闻到了芳香——在两个年轻人的世界里充满爱意的芬芳。

欢乐的时光总是容易过去，暑假很快就结束了。母亲从南京回来看望几位老人，也是要将他接回城里去。现在成贻宾对老家是依依不舍，走之前又去叮嘱彭毓芬一定要好好地复习，尽快地报考南京的学校，这样他们就可以相聚在南京了。这些悄悄话是他们两个人的，但是成贻宾眉飞色舞的样子早就被母亲看出来了。刘二姐也悄悄地告诉了严相清，小少爷是看上这个姑娘了。严相清仔细去看过这个姑娘，长得真是漂亮，一双眼睛也非常地清澈纯洁，一看就是个好姑娘，她心里也是一百个满意。不过现在成贻宾还有学业，暂时不能考虑这个事情，现在已经不同过去的风气，十五六岁就要结婚生子的，现在的新时代年轻人想的不再是成家后立业，而是先立业后成家。不过在这个母亲的心里，已经为彭毓芬预留了一个位置。作为一个母亲，也作为一个女人，对于彭毓芬的遭遇以及她和成贻宾之间的情愫，严相清有一种天然的亲近，不仅仅是因为这个女孩是本地人，而是她明白年轻人之间能够相遇的情分是多么可贵。也许正是自己与成时清这种不离不弃的生活态度，让她更明白两个人之间的爱情和生活其实可以超越现实物质的阻碍，只不过是看彼此有没有这种信念和坚守。如今，眼前的年轻人，也是自己的孩子，遇上这样的缘分，她心里当然只有深深的祝福，她知道重要的是他们两个人坚守自己的爱的初心，年龄、距离以及贫富对他们来说都不是问题。这已经不是那个门当户对的陈旧时代，特别是就严相清切身的体会而言，寒冷的不过是无情的生活，而温暖的是人本身，人自己心里装满了温暖，那再怎么样的寒冷都会被拒之门外，这大概就是爱情的力量，一种可以抵挡一切不安的力量。

成贻宾是一早就离开的，彭毓芬站在门口看着他离开，但是又不好意思走上前去送两步。他给她留了南京的地址，隔一段时间可以写一封信，或者可以每天都写信，攒起来过一段时间一起寄来。他让她一定要克服困难去学习，他在南京等着她。成贻宾也是第一次体会到伤心的滋味，感到离别真是一种难以言状的滋味。以前他只觉得不在母亲身边会心慌，现在他感觉就像是丢了东西一样焦躁，或者是像考场上做不完试题一样忐忑，那种想要把握而又把握不住的感觉，真是令人感到心里难受。但是成贻宾并不说出来告诉母亲，孩子的事情严相清也并不多说什么，她尊重成贻宾这种珍贵的感觉，她也觉得如果彭毓芬能够考学到南京来，他们谈恋爱也是一件非常美好的事情。

就这样一别一年不见，又一年栀子花开的季节到了。

这一年来，他们虽然没有能够相见，但是通信是没有断的。彭毓芬每天都盼着镇上的邮差能够喊自己的名字，她没有别的来信，一定是从南京模范中学寄来的。成贻宾的信都是介绍最近做了什么事情，有些什么样的想法，另外一定就是叮嘱她要好好学习的话。这些话说了很多遍，但是彭毓芬并不觉得厌倦，她觉得那每一个字都是深情的叮嘱，都是深深的眷念，就是无限的牵挂。看到那些字就像看他的影子，他那帅气的样子总是萦绕在自己的心梦里。她每天都在刻苦地自学，想着能够凭着自己的努力考学到南京去，那样他们就可以手牵着手一起奔向自己想要的生活。

去年寒假年节的时候，他曾经想回到老家来看她，无奈母亲让哥哥将几位老人接到南京来过年，说要让他们看看国府所在的大城市是怎么样过年的。老人们也盼望着进城，可是这样一来成贻宾想要见到彭毓芬的愿望就不能实现了。彭毓芬知道他们收拾东西是要去南京，这些他在信里也说了，她有些无奈，便托成贻宾的奶奶给他带了一个小小的布包，里面装的是她亲手缝制的绣花鞋垫。她的手艺好，关键是做给自己的心上人总是要格外用心的。成贻宾的奶奶知道女孩子家的心思，好好地收着并告诉她一定会带给成贻宾。只是眼下成家并不宽裕，不然真可以带着这个丫头一起去南京，不过现在这个念头不能实现了。成家的人一走，彭毓芬就偷偷地掉眼泪，她真是害怕这一家人走了就不再回来了。彭毓芬的舅妈也知道孩子的心思，宽慰她：该是你的是跑不掉的，不是你的你想也想不到；不过成家人好，也不会轻易就这么走了的，你要是真有心我去问你的爸妈，等他们回来“三媒六证”地谈谈这个事情，省得也老是心里犯嘀咕。舅妈说的“三媒六证”是当地的风俗，旧时婚姻，由父母包办，还必须有媒人介绍，表示郑重其事。“三媒”具体是指：男方聘请的媒人、女方聘请的媒人，以及给双方牵线搭桥的中间人。“六证”具体来说指：在天地桌上摆放一个斗、一把尺、一杆秤、一把剪子、一面镜子、一个算盘。当然，这些只是物质的结婚证明，虽然说起来非常庄重，但是对于现实的生活而言，其实也是苍白的——人心才是最好的证明。可是人心又往往不可捉摸且会变化，所以说物质的证明有时候不过是一种形式，如果人心变了所有的一切反而成为证明是没有任何意义的证明。现在对于彭毓芬来说，这个证明不重要也似乎很重要，情窦初开的她也许缺少一份安全感和确定性，毕竟时间和距离对于这个有些纷乱的时代来说，对任何一个人都是一种考验，更何况她还只是一个花季的少女呢。

这么一说把姑娘家脸说红了，连忙说不要不要。

年后老太太他们又回到了汜水镇上，大家都来看新鲜，看看老太太去南京了有什么见闻。见闻倒是有一大堆，都是说的嫌弃话，说那南京的生活到底没有乡下舒服，就是说话的腔调也很是奇怪。老太太和严主义还带回来好些零食给邻居们，都是些糕点糖酥什么的。听说老太太回来彭毓芬心里踏实了一些，特别是刘二姐给她送来一份点心，上面的包装纸印的是金陵十二钗，说是成贻宾特地给她选的，她收下了却久久舍不得吃掉。

这年暑假，成贻宾随父母回到了汜水，两个望眼欲穿的少年人终于见面了。

老太太见成贻宾整日里往隔壁邻居家里跑，嘴上说是教她读书，其实大家心里都明白，也都很欢喜。到底过去是大户人家，邻居家也是有些攀附的意思，这镇上的乡里乡亲都对成家的为人竖大拇指，所以即便是如今形势不好了，但还是把他们看重一些，尊敬一些。彭毓芬的舅妈问了孩子的意思，姑娘脸红扑扑的但是不再拒绝，便做主来问了严相清的意思。男孩子的母亲自然是喜欢得不得了，这两个孩子长得都漂亮，又心气相投，这事情当然就是两个哑巴睡一头——没话说。于是老太太便做主，正好孩子们也都在家，给他们办个订婚酒，这里叫作“下小定”，意思订了婚约，定下了亲事。

刘二姐帮着张罗简单的酒席。她对这结婚的一套事情很熟悉，也是远近有名的媒婆，喜欢给人说和说和，村里有孩子结婚的时候主家也都请她来帮忙，她懂的老规矩多。成贻宾和彭毓芬订婚的事情，自然是刘二姐忙了。不过现在成家的境况如此，也没有办法做多大的排场，她的那些规矩自然许多用不上。按照汜水的规矩，男女订婚之前要先相亲，先是亲戚朋友介绍说有适合双方的对象，然后由父母或者有他人参加的情况下对对方做一些明察暗访，如果没有意见就同意两人交往了。也有的先是两个人先相处，过后慢慢地引荐给父母看看。即使是自由恋爱的多了，但是基本上还是要给父母看一下的，而且到时候还要找个媒人，以表示明媒正娶。订婚的时候，是恋人双方准备结婚了，告知父母，双方父母为了怕孩子着急（说实在的大多数是父母着急），于是，婚前正式举行一个仪式，就是订婚。订婚的目的就是正式告知最亲近的亲朋好友，让他们知道姑娘有婆家了，同时小伙子也有未婚妻了，双方的主要亲戚认识一下，顺便请他们来吃饭。订婚仪式一般由男方带着订亲礼物去女方家，放些鞭炮，这个仪式不用亲朋好友出人情钱，但长辈会给两个孩子见面礼。订婚之后还要"追节"，在结婚前的倒数第二个节日里，一般在端午节、中秋节、春节等日子里，由男方在送节礼的时候加送两只鸭（押）子，表示我先把未婚妻"押"在丈母娘家，就等我准备好来迎娶了。结婚前的倒数第一个节日里加送两只鹅（窝），表示要将未婚妻往自己家里窝（"窝"是方言，指"娶"的意思）了。因为平时送礼的时候没有鸭或者鹅的，送了鸭和鹅，女方就知道男方要娶姑娘了，姑娘快要出嫁了，叫追节。刘二姐和孩子们说这些只不过是因为她懂得很多的老规矩，她也知道现在成家的状况，整个汜水镇上的日子都过得不如过去那么平安体面，哪里还有什么心思认真地操办酒席。亲戚们见面都少了，有些条件好的人家已经走了，剩下的也都是举步维艰的人家，也没有多少人再在乎什么礼节与讲究，日子就这么凑合着过——按老太太的说法，现在的日子就这么"瞎龙瞎虎"地过。

成贻宾和彭毓芬的订婚酒席很简单，礼节也不复杂，他们两个人商量好了，将来结婚了也不大操大办，他们是自由恋爱的婚姻，到时候他们可以去旅行结婚，不要这些复杂而浪费的仪式。虽然老人们有他们的规矩，但是如今的这个时局，也讲究不起来。不过即便是很简单，两个年轻人还是觉得很幸福，彭毓芬的脸一直红扑扑的，她觉得眼前的幸福有些不真实，虽然这世道乱糟糟的，但是让她遇见一个可以托付的人、可以以后一起牵手前行的人，那么不管生活有多么辛苦，她也不会感到寂寞了。她觉得自己的守候是值得的，她也要继续守候这份来之不易的幸福，她还要为这份幸福去努力，更加坚定地走在幸福的路上。

成贻宾本来就是一个有想法的人，对于自己的事情自然更是有自己的想法。到南京学习生活这几年，他的思想发生了很多的改变，特别是他有了越来越多的自己的想法，他觉得自由就首先是思想上的自由。在学校里他虽然尊敬师长，但他也经常有自己的想法，并且经常与老师们交换自己的看法。老师们也非常地开明，特别是那些新派的教师，并不一味地讲什么师道尊严，而是鼓励学生独立自由之思想人格。这些老师也意识到想要钳制年轻人的思想是万难做到的，而这个糊涂的世界也真的就寄希望于这些年轻人的努力了。现实有时候就是这么无奈，唯有指望初生牛犊不怕虎的年轻人。当然老师们也不是失去了斗争和意志，而是相对于孩子们少了一些闯劲，多了一些沉着。教师中也有很多的革命人士，他们始终在关注和支持着青年学生的发展。

成贻宾在学校里一向是活跃分子，他这些年跟着父母走南闯北，特别是看到人们在侵略者和反动派的暴行之下，失去了家园和依靠，成为无枝可依的“游魂”，他意识到，侵略者蚕食的不仅是国家的土地和资源，更是人民的心灵和尊严，他们不仅想着让这个古老的国度亡国，还妄想着让这块土地上的人民成为亡国的奴隶，成为被他们掌控与奴役的奴隶，任他们蹂躏与践踏。所以他们不断戕害人民的身体和灵魂，在榨取血泪钱财的同时，也从精神上占领与玩弄人民，实现他们罪恶无良的计划。现在一些国人并不仅仅是穷困，而是他们的心灵出了问题，他们的灵魂像是中毒了一样。这种毒既是思想上的毒，也是身体上的毒，他们已经深陷在颓废的世界里不可自拔。他们在可怜地等死，他们甚至忘掉了尊严，没有了血性，显得麻木不仁。这样的中国人和中国是令人揪心和失望的，久而久之等待着的下场只能是亡国亡种，不需要什么侵略者这古老的城池也会不攻自破的，人心的城墙倒了那就如决堤的洪水一样，无论如何努力也难以阻挡。

所以，成贻宾和同学们想的就是如何拯救人们的灵魂。人的堕落在于身体与灵魂，现在最为可怕的就是日本人对中国人的毒化措施，他们想彻底地摧残中国人，想让这个古老国度的子民永远沉沦在醉生梦死、不求上进当中。日本人手段最毒辣、处心最阴险的莫过于施行麻醉中国人民的毒化政策。对于日本这一动摇中国国本的政策，汉奸政府不仅不设法抵制，反而与其狼狈为奸，助纣为虐，肆无忌惮地大量运售鸦片、公卖毒品，又允许在其统治区内开设烟馆，从中抽税。几年间，沦陷区的毒品危害如瘟疫一般蔓延。据当年上海《新闻报》报道，鸦片种植面积共有一千五百余万亩，吸毒者猛增到三千两百万人左右，占沦陷区总人口的8.8%，其中以南京尤甚。当时南京大小烟馆达数千家之多，真可以说："五步一灯，十步一枪，横床吸毒，到处皆是。"

七七事变后日本更加有计划、有组织地大规模推行毒化政策。尽管日本政府不允许任何日本人吸毒，却怂恿其占领的内蒙古边疆地区，大量种植鸦片，又特设了"宏济善堂"特货公司，负责毒品的产、供、销，致使毒品迅速地扩大到所有的沦陷区。日本特货公司每年赚取的巨额利润，对外保密，由日本在华所设的最高经济机关——"兴亚院"直接掌握。

不愿做亡国奴的南京广大青年学生，对日伪一手制造的甚于洪水猛兽之烟祸，尤感切肤之痛，他们压在心头上的悲愤之情，好像火山底下的岩浆，一触即发。而成贻宾所在的模范学校的学生也是广大青年学生的代表，成贻宾带领的一帮同学更是其中杰出的代表。他们认识了厉恩虞、王嘉谟等同学，他们都是反对毒化政策的积极分子。虽然他们那时还不是共产党员，但他们品学兼优，博览进步书籍，对共产党的抗日救亡政策心向往之。他们广泛联系志同道合的同学，秘密宣传抗日救国，公开宣讲毒品的危害和清毒的意义，并通过各种渠道寻找中共党组织的领导。当时南京的中共地下党组织较之全面抗战初期已有较大发展，并时刻关注着学校青年学生的动态。地下党员潘田于1941年11月组织了秘密团体“青年救国社”，积极对青年学生开展工作。这些积极要求进步的同学参加“青救社”并成为主要成员后，“青救社”迅速发展壮大。由于“青救社”和厉恩虞、王嘉谟等骨干分子在学生中影响大、威望高，当他们吹响清毒的号角时，立即得到各校学生的响应，迅速形成一股斗争的洪流。党组织从中具体指导，教育学生骨干根据党中央的指示精神，利用敌伪之间的矛盾，开展有理、有利、有节的斗争。厉恩虞利用汪伪政府《民国日报》的记者身份，搜集了不少敌伪内部矛盾的情况，从中发现了日本人、汪伪之间在毒品利润分配上的“狗咬狗”。原来，日本人在贩售鸦片毒品上赚取的巨额利润，都通过其特设的毒化机构全部汇往东京，不准汪伪染指，汪伪政府虽很不满，可“奴才”惹不起“主子”，从而又引发了烟馆税收上汪伪政府内部的争夺。

一场争斗山雨欲来，各派矛盾的酝酿发酵，一切都箭在弦上。尤其是愤怒的学生，他们眼看着侵略者及其走狗昧着良心，为了积累肮脏的财富，不顾中国人民的死活，特别是反动派作为国人不顾手足之情，为了捞钱恶行累累，学生们意识到，是时候让他们看看国人的担当和时代青年的血性了。在组织运动的前期，成贻宾虽然还是学弟，但是他所表现出来的积极态度让学长们很是感动，很快他就成为运动组织的骨干。这位从苏北地区走出来的年轻人，丝毫没有怯懦和犹疑，而是时时走在前面。虽然父母对他参加这样的活动很担心，但是他的坚持让父母感动。他还写信告诉自己的芬妹，告诉她什么是真正的追求和勇敢——能够在关键的时刻振臂一呼，能够在危难的时候勇往直前，在需要并可能牺牲时挺身而出，这才是年轻人追求的勇气。彭毓芬当然也担心自己的爱人，但是她更明白成贻宾是一个有梦想和追求的人，她知道危险却并不会去阻拦，因为她知道爱一个人就会爱他的理想和一切。这不是盲目跟从，而是真心追随，因为她知道成贻宾所做的是正义之举，是爱国爱家的大事情。有了爱人的支持，成贻宾的内心更加充满信心和力量，他知道前途充满着凶险，但是革命的道路不可能没有荆棘。想要更多人走上平坦的幸福路，那只有一起铲除荆棘，扫除障碍。青年人尤其是青年学生，站在时代的风潮之前，有着不可推卸的神圣责任。他有时候将这些道理讲给自己的父母听，看着他稚嫩的眼神里透出的勇敢与坚毅，他们总是摸摸他的头，慈祥温柔地看着，他们心里很骄傲，孩子长大了，长成了一个有担当和有见识的男子汉，尽管在他们眼睛里他永远是孩子。

1943 年冬，沉闷无声的南京城怒吼了，南京的广大青年学生怒吼了。

12 月 17 日，青年学生揭开了清毒运动的序幕。南京中央大学的两百多名学生，游行到烟馆集中的夫子庙地区，砸了“逍遥阁”“云裳阁”“广寒宫”等几家大的烟馆，向广大群众宣传烟祸的危害性、严重性，指出这样下去，比当年林则徐所说的“国家将无可用之兵，无可筹之饷”更为严重，那就是国家危殆，种族灭绝。围观群众热烈鼓掌支持。但是砸烟馆时，王嘉谟在与宪警说理斗争中，头上竟挨了日本宪兵一刀，鲜血直流。消息传开，激起全市大中学生的公愤。“青救社”及时召开了紧急会议，邀请各校学生代表参加，决定翌日举行全市青年学生的大规模示威游行。在集合地点、游行路线、口号内容决定后，又组成纠察队以防敌人破坏。总指挥厉恩虞要求纠察队员随队伍行进，保持高度警惕，随时查看有没有混入可疑之人；万一遇到敌人破坏，要忠于职守，维持秩序，以免被敌人各个击破或在混乱中引起伤亡。

12 月 18 日下午，以中央大学为首的各大、中学校三千多名学生，从四面八方汇集到“国民大会堂”广场，总指挥厉恩虞宣布示威游行开始，浩浩荡荡的清毒队伍，沿着国府路往西，转向中山路，经过新街口，向南直奔夫子庙。一路之上，队伍严肃有序，悲壮激昂，不断高呼口号，唱进步歌曲。一阵又一阵的“反毒化政策”“我们不要毒品”“彻底清除烟、赌、舞”“为民除害”“为社会除恶”“打倒丧心病狂的毒贩子”“同胞们觉醒起来，向毒品进行斗争”等口号，此起彼伏。沿途同胞高举双手，向游行队伍挥手致意。队伍行进到当时最热闹的夫子庙，冲砸了所有的烟馆和赌场、舞厅（变相卖淫场所，不同于今日舞厅），驱散了醉生梦死的国民渣滓，当场收缴了烟土、烟枪、烟灯等大量烟具和赌具，装上人力车随队向群众公开展览。再经白下路，转入太平路，回到“国民大会堂”，将缴获的逾万两的烟土，大量的烟具及赌具，堆放在大会堂广场中央，由厉恩虞、王嘉谟点火焚烧。一时火光冲天，大量毒品化为灰烬，大家欢呼雀跃，庆祝胜利。这时，大批日宪、伪警持枪站在队伍的后面和周围，虎视眈眈，如临大敌。同学们毫不畏惧，怒目相对，满腔悲愤地高唱《毕业歌》《满江红》：“同学们！大家起来，担负起天下的兴亡……”“……怒发冲冠，凭栏处。潇潇雨歇……”歌声响彻云霄。外强中干的敌人，在团结一致、众志成城的青年学生面前，终于未敢下毒手，灰溜溜地撤走了。

当晚青年学生又在大会堂召开大会，由王嘉谟主持，厉恩虞在大会上作了慷慨激昂、催人泪下的演说。他高声疾呼：“中国人不要醉生梦死！青年们要团结起来！勇敢地向黑暗势力作斗争！”厉恩虞还号召把这场清毒斗争深入开展下去，彻底清除毒患。最后大会宣布成立“首都学生清毒委员会”，并推选厉恩虞为会长，王嘉谟为副会长。成贻宾在运动的风潮中受到了鼓舞，他跟随着队伍一起参加游行、会议以及演讲，他的心里充满了激动。也许这么多年来积攒在心中的热情与激越终于找到了一个抒发的通道，而他又意识到这不仅仅是抒发一种豪情，而是以自己的年轻之躯和爱国真情，为这个岌岌可危的古老国度做了切实的爱国之举。他奔走在队伍里，为作为其中的一员感到骄傲与自豪，他觉得脚下的路充满了激情，每一个步伐都是铿锵有力的，每一次呼喊都是发自内心的，每一个日子都是充满着豪情的。

12 月 18 日，清毒斗争席卷南京城，并波及沦陷区各大、中城市，引发了广大青年学生的响应。华东地区的镇江、扬州、徐州、常州、无锡、苏州、上海、杭州、芜湖、南通，华南的广州，华中的武汉三镇，华北的北平、天津，青年学生相继而起，横扫满天弥漫的毒雾。南京各校的青年学生更是再接再厉，在“首都学生清毒委员会”的领导下，乘风破浪，发动一击再击的多次战斗。其中成绩卓著的两场战斗是搜查“白面大王”曹玉成的住宅和查抄大毒窟中央饭店。

学生清毒运动兴起以后，汪伪政府内部发生剧烈争吵，在一次伪行政院会议上，周佛海集团中主管烟馆税收工作的内政部长梅思平，对林柏生大加指责说：“烟馆、烟行都是经过批准缴过国税的，政府有责任给予保障，你怎么鼓动学生去冲砸烟馆……下次再乱搅，我就下命令让警察来干涉。”林柏生也知道把事情闹大了，他的本意只是想让学生上上街，游游行，喊喊戒烟口号，最多装样子砸几家烟馆，对“CC集团”施加一点压力，分得一点好处，谁知竟闹成了轰轰烈烈的清毒运动，不但在南京大闹，沦陷区各个城市也纷纷响应，闹到难以收拾的地步。但是，善于耍嘴皮子的林柏生，还是硬着头皮说：“这是青年们自发地为社会除害，我不便阻止，你们说我在组织青年，惭愧得很，是青年组织我，不是我组织青年；是青年训练我，不是我训练青年；是青年领导我，不是我领导青年。青年们起来为社会扫除腐恶现象，那是他们的热血、热情和热力团结在一起，为了救国，为了救民，甘把热血洒在受了创伤的国土上。”林柏生这一番话倒是说出了南京青年学生清毒运动的实情。他永远不会知道，这是中国共产党在广大青年中长期进行教育的结果。所以，抗战胜利后，审判汉奸林柏生时，林柏生恬不知耻地往自己脸上贴金，说在学生清毒运动中他“功不可没”，是“林则徐第二”，这当然也只能成为历史的笑柄。

青年学生的斗争矛头，直指施行毒化政策的罪魁祸首——日本东条英机内阁和军部。种植、贩卖鸦片，是国际上公认的犯罪行为。日本政府干这种坏事，为了逃避罪责，一直是偷偷摸摸秘密地进行。他们暗地指派一日本浪人化名“李见夫”，拉拢中国败类盛文颐共同开设以经营毒品为主的“宏济善堂”特货公司。该公司名义上是一家民间公司，实际上是日本军部的毒化机构。青年学生开展清毒运动，揭开了“宏济善堂”的内幕，也把东条内阁从中攫取巨额经费的内幕揭露出来。一时舆论大哗，日本政府内部也骚动起来，东条内阁受到了国内外的反对与指斥。清毒运动开展后不久，日本国内就发生了“政潮风波”，借此对东条内阁大肆攻击，一些反对派国会议员列举种种事实，指责驻华日军贩卖毒品。此时在太平洋战场上遭到惨败的东条担心再引起中国占领区的大动乱，为了平息国内的舆论压力和减缓占领区中国人民的愤怒，东条英机命人发表一篇公开声明称：“在华皇军绝不干预鸦片问题”，“宏济善堂”是中国人盛文颐主持的，“与皇军并无关系”。这一“此地无银三百两”的声明，欲盖弥彰，反而使人民进一步看清了事情的真相。1944 年 3 月，东条英机又派他的亲信辻政信作为军部大员来华，赋予其权力对日军进行所谓“整肃军纪”，并着手结束“宏济善堂”一切活动和同意汪伪政府按学生要求禁毒。

青年学生的清毒运动，迫使汪伪政府假戏真演，不得不禁毒；日本在停办“宏济善堂”特货公司后，向汪伪政府表示放弃鸦片毒品经营，不再种植制造和输入毒品。当然，这不过是表面文章，暗地里仍在干着偷运贩卖毒品的勾当，但终归不能像以前那样明目张胆了，数量从此大幅度减少。

清毒运动教育了群众，激励了群众，树立了“中国不可侮”的信念，发展了进步力量。特别是青年学生中的骨干分子，提高了政治觉悟，开拓了视野，纷纷投入抗日救国的洪流中去，不少青年在这次运动中加入了共产党。而成贻宾经历了这一场运动，更加提高了自己的政治觉悟，他明白了作为一个国家的青年肩上应该挑起的担子。虽然这些青年不过是手无缚鸡之力的读书人，但是他们同样可以爱国，因为爱国最关键的是有一颗正直向上的心。如果每个人都这样一颗向上的心，就能够汇聚成革命的风潮，汇聚成无可抵挡的伟大力量，能够打破这罪恶的世界，而面对这样青春蓬勃的力量，任何腐朽的势力都是无可奈何的。

胜利终于属于正义，属于年轻人，属于这个伟大的国度。

第四章 辗转还乡

身在南京的成贻宾关心家乡的事情，他关心时局，也是关心在老家的彭毓芬。对于家乡的信息他只有通过信件了解，这让他感受到家书抵万金的滋味。彭毓芬不问世事，写信给他只说学习和生活的事情，成贻宾每每都热情地回复她，就像爱人之间贴耳的厮磨。而对于家乡情况的了解，靠的是与原来宝应中学的同学之间通信，同学们告诉他一个个令人振奋的消息，让他对未来充满了希望。一群年轻人在纸上静默地传递着消息，但是他们的内心燃烧着激情和信心，也许此时他们的言辞还幼稚，对于时局的了解也未必准确，但是他们爱国以及向往美好未来的执着念头，真正是这个千疮百孔的古老国度的希望。

年初，离宝应中学不远的大官庄伪军据点就被新四军和共产党领导的地方武装以及民兵用一夜半天时间攻克了。从此宝应东南片很少有日伪军来“扫荡”、抢劫、祸害老百姓了，安宁多了。共产党在宝应的斗争是卓有成效的。一年前的1943年5月，中共苏中宝应县委员会、宝应县政府于安丰镇成立，刘烈人任县委书记兼县长。县委、县政府分别隶属苏中一地委、苏中一专署领导。宝应县委的工作机构由组织部、宣传部、民运部组成，县政府的组织机构由县交通站、司法科、公安局、财经局、文教科、生产建设科、荣军管理科、民政科、工商管理科、华中银行宝应支行组成。宝应县的管辖范围是：南至临（泽）界（首）公路，北到淮安涧河，东至大纵湖，西至京杭大运河。5月底，县委在涧河口召开扩大会议，先后建立临泽、氾水、大望、黄浦、张桥、石塘、曹甸、安丰等八个区。宝应县委、县政府成立时，湖东工委和湖东行署、运东工委及淮盐宝边区办事处相继撤销，实现了对全县的统一领导，宝应的革命斗争由此掀开了崭新的一页。宝应县委、县政府成立后，在苏中区党委、苏中行署领导下，在新四军一师强有力支持下，带领全县人民在军事、政治、经济、文化各方面都取得了重大胜利，宝应最终成为全国十九块抗日根据地之一——苏中抗日根据地的可靠大后方。

宝应县委、县政府坚决贯彻党的抗日民族统一战线政策，放手发动群众，建立“三三制”的抗日民主政权。1943年9月，县委召开扩大会议，贯彻整风精神，加强了党的集体领导，纯洁了党的队伍，提高了党的战斗力。1943年底，宝应县委通过农抗会等组织，发动农民群众参加减租减息运动，既联合了地主阶级共同抗日，又发展了农村统一战线。1944年以后，随着减租减息的深入和人民群众觉悟的提高，县农抗会、青抗会、商抗会、僧抗会以及妇抗会、儿童团等群众抗日组织先后建立起来。农民参军参战，商民筹措物资，妇女生产支前，儿童团站岗放哨，全县党员人数不断增加。宝应县委、县政府大力发展经济生产，粉碎日伪对根据地的经济掠夺和封锁，为战略反攻提供物质保障。宝应县委、县政府以发展农业生产为主，以发展手工业和与农业相适应的副业为辅，掀起大生产运动。射南区挨家挨户拟订兴家生产计划，秋季粮食生产普遍取得丰收。县独立团和曹南、安丰等区队劳武结合，开展生产自给运动，开荒生产、捕鱼种菜以减轻人民负担，军民生活水平普遍得到改善。

宝应县委、县政府还大力发展文化教育事业，狠抓民众教育，唤醒民众抗日觉悟。1943 年初冬，宝应县委从大办冬学入手，开展干部学习和支部教育工作，以识字教学、唱歌、演戏、读报等活动，对群众进行思想和文化知识的启蒙教育。还兴办安宜师范，对失学青年、进步塾师和基层干部进行培训，在困难条件下和复杂环境中共培训出数百人，为全县抗战培养了人才。

在柳堡的宝应中学倒成了共产党保护下的世外桃源一般，成贻宾从与同学的通信中了解家乡的形势，他甚至有回去读书的愿望，他也想感受一下那种旧世界被推翻的喜悦。南京虽然也是政局变幻如风云，但是这里的一切他似乎并不能完全地参与其中。毕竟在南京这样一个中心地带，他一个学生的想法常常是微不足道的，固然满怀热情和斗志，有时候不过空有一腔报国之志。况且现在的南京形势并不好，抗日和反共让他身处的这座城市显得非常地压抑。这种压抑传递给普通的百姓，也让人觉得每一个日子似乎都岌岌可危。

他与自己的同学讨论此事，在讲自己家乡情况的时候，对比眼下南京的情况，感觉自己有一种壮志未酬的无力感。老师们也劝说他，不要以为现在的形势好了，也许这只是疯狂的侵略者所表现出来的假象——他们的残暴不是我们能想象的，也许这个时候好好地读书是一种最好的报国方式。成贻宾心里也明白，并不是老师和同学们不知道抗争，他们同样也都充满了正义和愤怒，恨不得拿起枪来亲手赶走这些疯狂的恶魔；但是他们知道，读书人的能力还是有限的，他们如果轻率地参与战斗，也许会给政府带来更多麻烦，反而会被利用。所以，眼看着如此的形势，也只能一直冷静地等待，这些对于成贻宾这样的热血青年而言简直是一种煎熬。对于他而言，心里牵挂的除了父母与爱人，就是这混沌的时局。

然而在家乡一切似乎势如破竹，各种好消息不断地传来，人民军队已经以摧枯拉朽的形式将侵略者和反动派赶出了人民的天地。日子虽然依旧十分清苦，但是心里满是盼头。这一年新年刚过的车桥大捷更是让苏中人民为之振奋，大家也清楚日军侵略者的日子是兔子的尾巴——长不了了。车桥镇坐落在涧河两岸，河道上有五座桥梁，从高处俯瞰全镇，形如繁体的“車”字，是以得名。这里驻扎日军一个小队，约四十余人，伪军一个大队，五百余人。敌人在车桥镇筑有五十三座碉堡，构成绵密的交叉火力网，四周围墙高达两丈，外壕宽一丈半，壕中积水深七八尺，且与界河相通。以车桥为中心，外围还有十几个坚固的据点相拱卫，形成一个较完整的筑垒配系。3月3日，粟裕收到一份敌情通报：日军百余人、伪军千余人增至安丰。安丰处于东台以南通榆公路上，是敌人的据点，距三仓河约三十公里。伪军师长田铁夫也到了安丰，有向东“扫荡”趋势；南边海安之敌一部进占了李堡，距三仓河约二十公里，似企图向中共台南地区“扫荡”。粟裕将计就计，不放弃任何一个“动敌”“欺敌”的机会，决心在车桥战役发起之前，对敌实施一个“声东击西”的“佯动”，吸引敌人注意力，掩护车桥战役的突然性。他将师直机关分为前后两个梯队，令苏中行署主任管文蔚率后梯队北移，跳出“扫荡”圈；自己率前梯队向南转移，故意“示形”迎击“扫荡”之敌，与其纠缠，麻痹敌人。

3月5日是农历二月十八。凌晨一时五十分，攻城部队按预定计划出击。三旅旅长陶勇亲自指挥第二纵队，从南北两个方向直插车桥镇两翼。两路部队迅猛越过外壕，架起云梯，爬上围墙，展开攻击，仅二十分钟便突破围墙，攻下十余座碉堡，占领镇内全部街道，分割包围各日伪部队。苏中新四军的突然攻击，顿时使敌人不知所措，完全处于被动中。经激烈战斗，攻城部队于当日中午歼灭了镇内的全部伪军大队。车桥镇内只剩下日军的工事和碉堡了，呈现出激战前的暂时沉寂。下午三时半，第二纵队开始总攻“碉堡中之碉堡”的日军圩子，首先以迫击炮集中轰击敌外围，接着以山炮轰击大碉堡。日军一个小队大部被歼，残敌继续作困兽斗。第二纵队一方面进行迫近作业，重新布置炮火，准备再次攻击；另一方面展开政治攻势，随攻击部队前进的“日本反战同盟苏中支部”宣传委员松野觉，冒着枪弹进至碉堡旁喊话，企图瓦解日军，不幸头部中弹牺牲。

战斗打到3月7日，车桥镇残敌在援军接应下狼狈逃窜。苏中新四军部队乘胜威逼车桥周围敌据点。曹甸、泾口、塔儿头、张桥之日伪军如惊弓之鸟，退守淮安。车桥战役胜利结束，共歼三泽大佐以下日军四百六十余人，其中生俘山本一三中尉以下二十四人，歼伪军五百余人，摧毁碉堡五十余座，缴获步兵炮一门及大批武器弹药，收复敌伪据点十二处。紧接着又收复了曹甸、泾口、塔儿头、鲁家庄等日伪据点十多个，宝应运河以东地区绝大部分为新四军所控制。

同学们将车桥大捷胜利的消息告诉成贻宾，他听了之后高兴得跳起来。他看着同学写在纸上的每一个字，每一个字都是一张欢心的笑脸，每一个字都是一声声欢乐的锣鼓，每一个字都是一次次胜利之后的欢呼与呐喊。他可以想象到，同学在写这封信的时候，是多么激动——他们恨不得插上翅膀飞到南京，将这个好消息告诉成贻宾，他们知道成贻宾一定惦记着自己的家乡。同学们也是在他的影响下更加关注时局，知道了无论身处高位还是人在基层，爱国是不分年龄和地位的。每一个人都有自己的爱国方式，哪怕是身处乡村的孩子，即便不能为这场反抗侵略的战争做点实际的事情，但时刻关注其进展并为之呼吁，这也是一种立足本职的爱国方式。同学们也知道，成贻宾所在的城市眼下的情况非常危急，而他魂牵梦绕的故乡却有值得欢欣鼓舞的消息，一定要想尽办法告诉他——这个胜利的消息对于乏善可陈的时局来说，对于一时间处于苦闷的成贻宾来说，一定是天大的好消息。

的确，同学们是了解成贻宾的。在与他不长时间的交往以及断断续续的来信中，他们了解这位热血青年的心迹。也正是因为他小小年纪就辗转南北，比同龄人见到了更多的现实情况，所以他早早地被时代所感染与暗示，早早地成熟了，有了自己的判断和想法。他虽然也是从宝应一个小镇走出来的，出身于一个并不显要的家庭，父母因为生计也颇为困难。但是，社会与生活真是很好的教育，这种教育逼迫着人们成长成熟，让他对世界的认识更加真实与完整，这也是他的那些远在乡下的同学信任他的原因之所在。也是他，利用自己在外的经历与见识，让远在乡间的同学们了解世界的变化与形势，让他们明白青年学生身上的责任，让他们身在乡间也能心怀天下。而对于成贻宾来说，这也是一种很大的影响，他明白不管在什么地方，不管是什么人，无论能力大小，都有自己关心时事和爱国爱家的方式。

他握着远方寄来的这封信，这封带着胜利消息的信，他似乎看到了老家每一处都插满了红旗，每一个人脸上都有幸福的笑容，他甚至看到了自己的彭毓芬正站在家门口，翘首期盼着自己回来。对于这一个心里满是抱负的年轻人而言，其实内心也有自己所向往的温暖，他觉得未来的世界并不是每一个人都要做顶天立地的事情，而是每一个人都有幸福安稳的生活，这种幸福就是有安定的环境，有简单的一日三餐，有爱人孩子在身边，这才是一个和平时代最美好的日常。也许对他而言，这些年从小到大地奔波，虽然早就学会了坚强，可是哪一个人又喜欢总是坚强呢？特别是无辜的百姓，他们就想过自己平静安宁的日子，不想面对任何与他们无关的争端。

他要回信给同学，告诉他们现在的形势，告诉他们自己内心的激越；他又写信给自己的爱人告诉她自己内心的喜悦，他们向往的新生活也许就在不远的未来。这天晚上，成贻宾觉得内心依旧澎湃而不能自已，他在写完信后又自己到校园里走走。安静的校园里浓重的夜色蔓延着，如果是在往日，他一定会去寻找灯光。黑暗中寻找灯光对于一个常人来说是最正常不过的事情，因为人们都向往光明，因为光明能够驱走黑暗。而我们的事业正是追求光明的事业，就是要用真理和正义的光明驱走现实的黑暗。今天，黑暗依旧存在，就如这时局一样，笼罩在人们的心上。然而，今晚的黑暗对于成贻宾而言似乎并不那么可怕，他不用去努力寻找一盏现实的灯光，不用借助它的光明去驱走这无边的黑暗，因为他的心里充满着光明和力量。他清楚一次胜利也许并不能算什么，但是他看到了黑暗中的光明，让他的内心充满力量。黑暗已然降临，就像冬天的严寒是必然到来的，但春天的温暖也是自然的规律。黑暗让百姓饱受了痛苦，这些年的辗转与颠沛，让这个年轻人从小就饱受苦痛，但是这些苦痛让他成长并成熟——从今天胜利的消息里，他忽然领悟到了一种巨大的力量，这种力量不是灯光却能驱散黑暗，不是枪声却能打败对手，看不见摸不着却一定能够主宰现实。

今天，在夜色之中他不再像过去那样苦闷与彷徨，今天他不需要像过去那样对黑暗的现实呐喊，今天他甚至没有叫上自己的同学好友。他一个人在夜色中，心里的光明让他看到了一切，看到了未来，那是光明与胜利的未来，那是自己希望与追求的未来。这一个胜利的消息让成贻宾心潮澎湃，也许他还不能完全知道形势会如何发展，也不能为此切实地做一点什么。但是在今天的这个夜晚，他觉得自己内心充满了万丈的光芒，他觉得如果每一个人心里都充满了光明，就能够驱走黑暗，即便是如此时一般浓重的夜色下，人们的心里也会是平和安详的。

但成贻宾的想法也只是美好的愿望，世界的局势还是没有能够安定下来。

日寇为发泄在车桥战役中惨遭失败的仇恨，对宝应县中学附近的柳堡进行疯狂“扫荡”。这里当时驻有宝应县抗日民主政府财经局、大成商店。柳堡乡组织了十八位民兵勇士顽强抵抗敌人近三个小时，保护抗日民主政府人员、财产，以及让村子里群众安全转移，最后有三位勇士壮烈牺牲。同学们又写信把这些英雄人物事迹讲给他听。他听了这些抗日勇士的英勇事迹以后，非常敬佩他们在日本人面前表现出的大无畏精神。他恨不得能够将这些侵略者碎尸万段，但是仅仅有满腔的热血也是不够的。他和同学们暗暗地下了决心，一定要强大自己，将来不再让外人来糟蹋自己的家园。尽管抱定这样的决心，可他们眼下依旧一筹莫展。当然，这不能怪这些孩子，就是成年人，很多时候也是无可奈何的。然而，在他们的内心，无论如何都要凝聚一股力量，总有一天要把这些侵略者赶走。

成贻宾给彭毓芬写信，写年轻人的抱负，写自己与这个国家的新生的希望，以及年轻人为这种希望奋斗的决心。他鼓励彭毓芬，现在不过是黎明前的黑暗，黑暗所预示的正是光明的到来，他们要准备好，为了这光明的到来准备好，迎接最美丽的明天。而在家乡的来信里，他也一天天地看到这希望的到来。在共产党的领导下，侵略者和反动派的形势每况愈下，而革命的形势一天天地明朗起来。这个时候的柳堡也成了热火朝天的革命之地，成贻宾亲眼看见这种芝麻开花节节高的局势，耐不住心中的激动情绪，给彭毓芬写了信：

芬：

心中的话，郁积了有一个月了，不用你催，我自己也耐不住了。讲吧，妹妹，请你停一停手中的工作，花上几分钟来读远地的情人给你的甜蜜的信吧！

远的不谈吧，咱们谈1944年的事：三天的年假，给了我一个很好的思想的机会。我在这三天当中，检讨了所有的过去，同时，计划了将来，我觉得过去的随它过去吧，不管它是酸甜苦辣；要注意将来，把握现在，于是我觉得有“自我革命”的必要。于是我拟定“新生十大信条”，以期自今年起，更加努力地去创造一个新的生命。

一、一个新生，一定有着新的人生观。新的人生观，是活泼的、乐观的、健全的。

二、一个新生，一定有丰富的学术、丰富的学识，来源于正确的理解、仔细的观察。

三、一个新生，一定是有纪律的生活，严格地律己，忠诚地待人。

四、一个新生，一定有果敢的毅力。要咬紧牙关，不屈不挠地，和黑暗的阻挠斗争。

五、一个新生，一定有高尚的品格，不欺骗人，同时也不欺骗自己。

六、一个新生，一定是勤俭的，能自己做的事，必得自己去做，能省的费用，必得节省。

七、一个新生，一定是乐群助人的。不可自私自利，要随时牺牲自己，为了大众！

八、一个新生，一定是朴实的。不唱高调，不蹈浮夸，而切实地努力于工作和事业。

九、一个新生，一定是爱国家、爱民族的。同时也是爱父母、爱师长、爱一切可爱的人的。

十、一个新生，一定有着高贵的爱情，要始终亲爱、谅解、安慰着甜蜜的爱人。

芬，你以为这十条太空洞、太广泛么，或者是太夸大么？是的，一个人绝对难于同时具备这十个条件的，但是我愿把它作为我的十块指路牌，努力地向“新生”猛进！

贻宾

成贻宾的这封信并不是情书，更像是一份革命爱侣的宣言。他想的是和自己的爱人一起，能够和这个自己热爱的国家一起走向新生。也许此时在乡下自己复习的彭毓芬还不能理解这种激情，但是成贻宾的内心是燃烧和热烈的，他感觉到一个伟大的时代即将到来，而作为这个古老国度的子民，他觉得自己应该和身边的人一起早早地准备好，以自己的新生迎接一个时代的新生。他这些日子写信给彭毓芬也说儿女情长，但更多的是说眼下的形势和自己的想法，他觉得两个人的爱需要甜美的厮磨，更需要执手相依扶持，能够以爱的名义走出一条浪漫而坚实的路来。这条路是爱人的心路，是他们用共同的心志走出来的幸福路。

他们的信像雪花一样飘来飘去，彭毓芬天天盼着回信，有时候接连写几封信给成贻宾，他却因为邮路的问题收不到信，彭毓芬就继续写下去。5月13日，他又回信给彭毓芬：

芬妹：

接连接得你的第20号以及26号并在一起的两封信，感到非常惋惜，因为显然的，已经遗失了好几封信了。但是过去的事，也不必再追究了。今后我们自己小心些就是。不过，曾经寄了两卷书给你，未知可收到否？念念。

《乡居小忆》可惜也遗失了。我猜想那也一定是篇好文章，并不是我奉承你，实在你的努力，已经得到很大收获了。无论在思想上、结构上，都有了进步，只是辞藻方面，还不能流利。但是，只要长久地如此练习下来，总会更美满的。《怎样做一个新女性》，做得很好，但是缺点是反面文章多了一点，显得正面文章少了。这一个题目，是要求答案的，也就是正面文章应该占得多一点，但是也无大碍的。

标点符号中错了几处，现在寄还，希望你自己再看看。

英文以及算术，不知你怎么学习的，学习到什么程度，希望给我一个详细的报告。

天气很热了，初夏的天气，困人得很。每天午后，总有许多同学偷溜到宿舍睡觉。的确，近来大家学习的空气太没有了。大多数出去看电影，懒的睡觉，用功的看小说、写字、写信。没有人看教科书，为什么呢？老师太"拆烂污"了。自从教务主任辞职后，老师们也起了小小的更动。英文先生一天到晚没精打采。讲起书来，专教《天方夜谭》一类的神怪故事，生字死多，一点意思没有。读音是老式的，尾音高，声调细，国文也是教的《古文观止》。教育仿佛要把我们拉到"木乃伊"的坟墓里去似的，不允许我们嗅到一点点现代的气息！

然而我不愿堕落，我不愿去看电影，更不愿去睡觉，我只有自己鞭策着我自己。在国文方面，和同学们筹备着《青年生活》月刊，大约不久可以出版了。在英文方面，买了许多日本出版的英文杂志看看。数学方面，认真地做着习题，但是身体方面也注意，天天早晨跑步。

在前两天，我是曾头昏了两天，现在却好得多了。

5月9日，是大哥薛征鸿过二十岁。弟兄几个，一同到玄武湖去租了两条小船，在平静的波上划进。啊，是三年不划船了。还是三十年的夏天，每天到玄武湖去，以两角钱的代价，划几个钟点。如今，虽然隔了这些时候，而却没有生疏，我抚着那桨，感到有点沧桑。

在翠洲吃了些血红的樱桃，快败市了，还五十块钱一斤。好在我们只是聊尝其味而矣。

晚上在他家吃的寿酒，得知征鸿大哥已经订了婚，是他同乡乡间的一位姓董的村姑，两人从没相见过，是甘心做旧礼教的牺牲呢，还是孝心？我惘然，因为婚姻自由经学者们争了几十年，也没有争出一个结果，人情是矛盾的。

茫茫世界，道途是错综复杂。我们脑筋里绝对容不下这么多的思想，只好以国家、事业作为两大目标，努力迈进而已。

邮票又要加价了。我只得学老太太们的口气说一句"这个日子怎么过啊"作为结束，此祝

健康

贻宾

May 13, 1944

与彭毓芬的爱已经成为成贻宾生活中的一个重要组成部分，他有时候甚至觉得自己努力使未来的生活更好，最起码的是让自己爱的人更好，包括自己的祖辈、自己的父母、自己的兄长姐姐，特别是自己深

爱的彭毓芬。他一方面和彭毓芬说他们眼下最要紧的事情是国家的事情和自己的事业，其实这一切的希望和努力都是为了有一个美好的生活，让自己身边的人更加幸福地生活。所以，他并没有因为爱情而影响自己的学业和对事业的向往，因为他知道这是他好好地爱彭毓芬的根本，他鼓励彭毓芬好好地学习，将来能够考学到南京来，而他自己何尝不想能够早些强大起来，能够有更多的能力帮助自己的芬妹，让她到自己的身边来。所以他要加倍地努力，加倍地学习，让自己能在社会中有立锥之地。因为这个家一直也非常困难，虽然母亲从来不埋怨父亲的收入寒微，但是捉襟见肘的日子是不需要多说的。他知道父母为了自己能够读书，做出了多么大的牺牲。也许本来他们可以在老家汜水过自己的日子，哥哥们给他的一些钱也够生活了，到底老家还有几亩地是可以依靠的。可是在南京，在城市里，没有人会同情你，没有人相信眼泪，一切都是需要钱的，一切都是没有依靠的。倘若在乡下，日子还可以糊弄，哪怕粮食少一点，也总有口饭吃，没有什么吃的，地里总有简单的菜蔬。可是在城里都是高楼大厦和马路，没有任何东西可以依靠，苦日子就是苦日子。

父亲的工作也非常辛苦，一切并不顺利。朝不保夕的日子是这个国家的常态，也是一个个家庭的常态，你不知道下一刻的情况到底是什么样子的。刚才领导还和你哈哈笑，过一会也许他就被喊去撤职了。刚才街上还一片安静，也许片刻间就是一颗炸弹扔下来。今天那个什么人还在报纸上说什么话，第二天就传来他被暗杀的消息……这些事情在这个时代已经不是什么稀奇事情了，一切都在变化，唯一不变的就是人们面对变化的心态。大多数人只要吃上口热乎饭就感觉很幸福了。所以管你这个变化那个变化，反正总统是不会让自己去做的，再说无论谁做了这个总统依旧是吹牛放炮，满口跑马的政治主张，并没有做什么实事。成时清在政府里做事，虽然地位不足以接触高层，但是多少也听说一些，大家也是听听笑笑，就当是听故事一样。再离奇的故事听多了也就不觉得奇怪，好像不奇怪的世界才是奇怪的，这就是人们慢慢对时局的适应，一切都只能是随波逐流，随他去了。

南京的时局依旧堪忧，成时清所在的教育厅改组，他又无奈离职，家里的生活再次无以为继，无奈之下，他只有离开南京回汜水去。自然成贻宾也是要一起回去的，不然留他在南京生活上也无人照顾——成贻奂因为工作也很繁忙，无暇顾及弟弟的生活。成时清夫妇也不放心他一个十几岁的孩子留在南京，在他们看来不管他多么优秀，依旧还是个孩子。本来成时清还担心，这次成贻宾又放弃南京的学业回乡思想上会有波动，毕竟他是喜欢南京的读书环境的，这里的空气不知道比宝应要新鲜和自由多少，现在又一次要转学离开，他一定是不愿意的。不过母亲严相清心里倒是不担心，她觉得这次成贻宾未必不乐意回家乡。

因为母亲知道，现在成贻宾心里还有一个牵肠挂肚的彭毓芬在乡下。

果然，母亲告知他父亲又失业了，在南京的生活无以为继，无奈又要回到汜水去了。成贻宾说，自己已经适应了这种随时变化的生活，他觉得回去读书也没有什么，到哪里都是读书。父母知道成贻宾现在心里还想着彭毓芬，觉得这也不是什么坏事情。

随父母回到汜水时正是新年快到的时候。这一年的冬天特别地冷，南京的天气更是让人心凉，成贻宾收拾了行李从住处出来，心里对于乡下的老家倒是很向往。这么多年来和父母东奔西走，住的地方和父亲谋职之地随时发生变化，唯一不变的好像就是那个有些遥远而又穷困的老家。那个地方的旧房子好像是传说里的一样破落，和城市里的高楼大厦比简直就不算是什么房子，但是，那里永远不变地等着他们回家。在城里不管住了多久，那些水泥造的房子不管有多么坚固，始终没有归属感，永远让人觉得只是一个住处，找不到那种家的皈依感。老家的安静和不变的样子，就像是母亲关怀的话语，哪怕是说几句啰唆的话也总是亲切的，因为他们对自己的感情不会有任何的变化。可是城市不是这个样子，此刻他们租住的房子下一刻也许是官员来住，也许是妓女来住，也许只是空着，它们的过去、现在和未来会不停地承载很多的故事，这些故事之间没有任何的连续性，没有任何的感情可言，所以说这里的房子也就是房子而已，绝对不是能够随便叫作“家”的。倒是那个看似破落的地方，那个已经破败的小镇，哪怕是路边的石头都像是自己的熟人，你出去它在等你，你回来了它还是等你，以后你还是要走，它却还是在原地默默地等你。下河边的店铺兴衰变化，门面就是老人的牙齿，好多已经衰弱得不像个样子，却还是坚强地立着。这就是小镇的毅力，这就是老家的魔力，这就是游子们不管走到哪里心里总是惦念着的那个被自己诅咒而又深爱着的穷地方。

对于成贻宾而言，现在还有他的芬妹让他牵肠挂肚。他从来没有觉得这个清纯的姑娘有任何的不好，也许正是因为在老家相识，她更给自己一份温暖和安心，他有时候觉得是自己有些残忍，让她一个人在乡下守着他们的共同的誓言。在自己的同学里，也不乏才貌双全的女同学，甚至有对自己颇有好感的女生。但是成贻宾心里有牵挂的人，就只能对一切好意报之一笑。有些同学私下里传他家中已有未婚的妻子，他也只是不语。大家觉得这个苏北来的年轻人既有特立独行的个性，又有一种朴实的木讷，特别是在感情上。对于这些看法，成贻宾并不放在心上，也许他想得更多的是自己的学业以及时局，还有自己内心惦记着的芬妹。虽然和芬妹比起来，城市里的女学生更加时髦开朗，但是成贻宾并不为此所动，一是他深爱着自己的芬妹，二是他觉得应该遵守誓言，他也觉得芬妹可以通过自己的努力成为一个时代青年——人的学习有迟早，只要有一颗向上之心，进步是从来不会迟到的。况且自己的芬妹是那么地温柔贤淑，他觉得这个乡下的女孩丝毫不会逊色于城里的女生。

本来彭毓芬认为年前收到成贻宾来信的机会都很少了，所以便收拾回城里去了。过年前的几天，镇上因为人们都闲下来了，反而突然显得很冷清，所谓有钱没钱回家过年。这个时候就是贫困欠债的人家也总是要准备点饭食好过年。债主们也不至于这个时候来逼债，他们也知道要是能还的钱早就还了，现在一时间也变不出钱来，除非逼死人，可逼死了人就什么也没有了。再说毕竟同是一个镇上的人，也没有必要紧逼到那种程度。小镇有时候也像是一个大家庭，虽然有很多的人家，但是大家在这里生活了这么长时间，不管有什么矛盾冲突，时间一过，想想大家生活在一起也不容易，也就不计较什么，最多说一句“认你狠了”。回头再想想，大家也都不容易，过去那些曾经风光富裕的人家如今也有落寞的，比如那么神气的严家大院，整天唱戏的严老爷，现如今也不过是一文不名的穷人，过日子都很为难。所以大家还是想着多做点好事，至少对子孙是好的。比如说成家也衰败了，但是因为历来都做好事，即便是家境中落，子孙们还都是好的，几个孩子都不错，三个考上了大学，小儿子的成绩更是优秀，以后肯定有更好的前途。

所以，到了过年的时候，即便有些不愉快的事情，有要不到的债务，大家也都因为年关而暂时不计较，好好地过个年。这时候的镇上反而显得安静，没有钱的人家也没有什么事情可做，好不容易寻摸的几个钱买一两斤肉等着过年时与孩子们一起将年关过了。日子好过的人家也不过是准备吃喝之事，所谓过年不过是一个关口，有的人过得轻松些，有些人过得艰难一点。不过过年有一种特别的味道，就是那腊肉的香味，这是最地道的下河味道。入冬不久杀的猪，用盐腌制好了到年底的时候也不是特别咸，吃的时候用炭炉先煨好放在锅里面，连汤带水和大白菜烧，不用放任何的佐料就香飘四处。一般的人家杀不了一头猪，至少也要买十来斤腌制起来，过年的时候解馋待客。

感受到年关的气息和偶然飘过的肉香，谁的心里都会涌起一种温暖。无论是战争还是和平的日子，人的内心都向往着平和温暖，而那些苦难则更让人怀念过去虽然朴素但是安然的日子。也许老百姓的日子并不那么美好，但是他们的要求也并不高，安定有时候也是一种难得的美好。有时候一块肉，哪怕是一阵肉香都会激发人内心的情怀。平常人所说的“馋虫”，更多的是一种心理上的想念，一种心灵上的感觉。成贻宾的外公严主义今天是真想吃肉了，摸了摸口袋里的钱，跑到街上的咸货店里面买了一块肉回来。他一个人也不置备这些东西过年，到年底了亲家自然会叫上他一起吃饭，他已经很多年不自己做饭了。也不是外人，他平时在成家吃饭的时间也很多，不过是添一双筷子的事情，成时清的母亲在家本也觉得不热闹，有他来说说话，说说孩子，心里倒还有些念想。今天严主义去街上买肉，是真的想吃肉了，他已经想好了还要买一颗大白菜一起炖。大白菜并不贵，本地就有很多人家种，夏末种下去秋深就卷心了用草扎上，就放在地里吃的时候拔一棵回来，剥除外面的菜叶就露出雪白的菜心。这菜好，容易种，价格不高，有人种了很多，装了一船去高邮卖，也卖不了几个钱。大白菜在里下河地区被叫作黄芽菜，还有一种圆心的包菜，都是宝应人喜欢吃的，且会运到外地去卖。宝应人去邻县高邮卖菜，卷心菜被叫作包心菜，方言里一带而过被听成是“宝应菜”，以为是宝应人卖的菜，所以看到这些菜邻县的人就会想到宝应人，这倒也是一种奇妙的巧合。大白菜也是冬天的当家菜，特别是天冷的时候，青菜长不好，大白菜就救命了，堆在墙角的大白菜能吃一个冬天。还有些人家，年猪出了之后猪圈就空了出来，就把大白菜堆在猪圈里，大概朝阳的地方也温暖，猪圈的窝棚一般靠着厨房，所谓“铜勺子一响，喉咙嗓子作痒”，这样的猪容易长大。这大概也是下河人特有的做法，也是一种非常有趣的民俗。年底的风俗也颇多，但是战乱频仍的日子里，这些风俗让人心里觉得很不是滋味，过去的苦日子总算能安身，可现在的日子就是吃到肉心里也总是乱糟糟的。

严主义走上街，天上下起雪来。

雪飘在他头上，白发更显得白。就在街上他看见了回来的孩子们，成贻宾第一个看见了外公，他大叫起来冲过去，老人一下子没反应过来，走近来看见是自己外孙，老泪纵横一把拥住了自己的孩子。

他们一家子拿着大包小包走回来的场景已经不是第一次，但是今天这下雪的日子倒是特别，让人觉得又冷又温馨。成贻宾也看到了外公头上的白发，严主义倒也不在乎，他将手上拎着的咸肉和白菜举起来说：“你看，你们真是有口福，我想吃点肉你们就回来了。”几个人自然是要往成家去，如今严家大院已经破旧不堪，就老人一个人住，好些人想来买他的屋子，可是他坚决不肯卖。一来是他的生活还是不成问题，二来这院子是他曾经的荣光，他不能卖掉——就像是一个唱戏的人，虽然不唱戏了，但是过去那一套行头总是舍不得丢掉的，这是一种尊严，至少是一个念想。

到了成家便是两个老人嘘寒问暖，各样的情况都要问一下，不管其状况是什么样子，老人总是会说：“外面的世界再好，还是回家好，家里再不济还是你的家不是……”刘二姐见到成时清一家子回来，刚刚淘好的米又加了两升，柴火在锅膛里烧着，她让人看着，自己到街上去买菜去了。成时清喜欢吃朱家的素鸡，成贻宾也自小吃这卤菜，喜欢这种独特的味道。不过今天到家成贻宾就去隔壁看了，一到镇上其实就问了彭毓芬在不在，外公说她回城里去过年了，他那时候真想直接去城里。到了家里他还是先去隔壁人家看了看，发现确实不在，心里才踏实。现在他们定亲了，也不用不好意思了。

下午，成贻宾不顾大雪就要去城里。父母也不阻拦，他们自从给成贻宾订婚之后就更多地让他独立，今后他不仅要照顾好自己，还要照顾好自己的妻子和家庭，这个大家庭的担子多少是要落到他身上来的。

成贻宾走到了镇上，竟然遇见了满身雪花的彭毓芬。

成贻宾冲上去一下子拉住了她，这个举动大概在这个汜水镇上算是太前卫了。但是外面并没有人，只有两个年轻人静静地面对面站着。彭毓芬的脸冻得通红，手也是冰凉的，成贻宾将自己的手套给她，又摸了摸她的脸，她不好意思地躲开了。两个人往成家走，在雪地上留下来两行脚印。在这古镇上，原本苍凉和古旧的一切被大雪覆盖了，倒是分外地美丽，整个世界就一种颜色，整个世界就一种情绪，整个世界就是他们两个人的。他们一点都不介意这外面的雪，好想回家的路再远一点，这样走的时间就可以更长一点。这是他们第一次这样慢慢地一起走路，真是感谢这场大雪。以前他们虽然在一起，但始终没有这样一起走过，在一起的时间也多是说学习的事情。他们还不知道爱的滋味，就是订婚好像也真的就是一种仪式，似乎就是一个约定而已，并不比他们写一封信感觉更有意义。然而他们的爱恋也一直是说不出口的，表面上还是要像兄妹一样，因为不好体现出太多的情绪。只有在纸上他们可以互述衷肠，可毕竟也只是在纸上，只是一种遥远的安慰。

他们在街上又转了一圈，他帮彭毓芬拂去身上的雪花，那些浪漫的雪花轻盈而美丽，落在了两个年轻人的世界里。彭毓芬抓住了他的手，那是一双温暖的手，她感受到了他的温度，那种让她心跳加速的温度。本来彭毓芬已经去城里准备过年了，但是因为年前没有收到他的信，心里总是有些不放心，她总感觉他们会回来的。于是，她找了一个借口又回来了一趟——其实也不需要什么借口，人要是想做一件事情，想尽一切办法都是会去做的。

下午在成贻宾的家里，他和彭毓芬谈了很多的事情，当然说得最多的就是他们的未来。现在成贻宾又无奈地回到了汜水，其实他知道这一定也是暂时的，他总是要再走出去的，这个地方是他没有办法忘记的故乡，但一定不是他要去的地方。他的心里满是抱负，他知道现在回来只是为了以后更好地出发。所以他还是鼓励彭毓芬一定要认真读书，要考学，一个女人也是需要通过学习改变自己命运的，不然的话就只能一辈子做村姑。其实做村姑也并不是有什么不好，但是成贻宾想着自己的爱人要与自己一起去更远的地方，而到达远方的路对他们而言只有读书和进步。

他们围着温暖的炉子说话，外面的雪依旧下着。严相清从外面进来，给他们泡了一大碗的炒米茶。里下河人家的下午茶不是喝茶，而是吃点东西，又叫作“幺抬子”，就是中间垫一下肚子的一小顿。炒米是入冬以后专门有人带了工具来炒的，炒好了就放在坛子里封存，吃的时候加点白糖开水冲泡就可以了，这味道虽然简单，但是世间难得。离宝应不远的兴化，出过一个大名人郑板桥，他的《板桥家书》写道：“天寒冰冻时暮，穷亲戚朋友到门，先泡一大碗炒米送手中，佐以酱姜一小碟，最是暖老温贫之具。”他们虽然没有吃酱姜，但心里照样是温暖的，严相清也是很有意思，特别给两个孩子泡了一碗，这样他们就可以分着吃，就可以头靠着头一起喝那甜蜜的糖水。

这样的日子即便清苦也是甜蜜的。

年后，成贻宾要继续回到宝应中学读书，这个时候因为战乱，宝应中学已经临时转移到柳堡镇上。柳堡也属于宝应，也是里下河腹地的小镇。柳堡原来叫留宝垛、留宝头，说是从前，有位状元南下赴任，因大运河上匪夷为患，改走东荡，行至此地突遇风雨，便在岸边插下宝剑系船，雨后开船把宝剑忘在岸上了，故名留宝。

后来共产党的部队来了，才改了柳堡这个名字。柳堡这个地方成贻宾是听说过的，特别是关于它革命的消息。前一年 10 月，为了搞好宝应抗日根据地政权建设，苏中一地委按照苏中区党委指示在宝应县柳堡乡进行乡选试点工作。柳堡原为高邮县苏堡乡，1943 年 5 月，宝应县抗日民主政府建立后，为临泽区柳堡乡。这个乡政治环境比较复杂，封建势力很强，其中夏云峰等恶霸地主掌握全乡政治领导权，同时利用夏姓人家多欺压小姓，造成大小姓之间对立，以便利其统治。更为阴险的是夏姓有人打入“冯氏补习团”（即临北地抗日进步知识分子冯立生等人办的学生补习班），组织所谓“救亡党”，散布极其反动的卖国口号。因此，苏中一地委工作组充分发动群众揭露他们的种种阴谋。民众识破了这伙封建恶霸出卖民族利益的丑恶嘴脸，大伙积极行动起来，参加选举。

1944 年 7 月，中共宝应县委派员随苏中一地委组织部长周山率领的工作组，到时属宝应县临泽区的柳堡乡进行县乡选举的试点工作，历时二十一天。经过宣传调查、资格审查和村选乡选三个阶段，采用“丢豆子”的方法，在8月1日，选举民兵队长夏存来为柳堡乡乡长。

柳堡位于宝应东南部。1942年建立临北区时划为柳堡乡，全乡包括杨家港、雍家港、缪子沟等十六个村子。乡选后划成存良雍家港等七个村。柳堡政治环境比较复杂，原来是一个封建堡垒。远近闻名的恶霸地主夏云峰、夏正华等均为横行柳堡乡的封建势力。他们掌握全乡政治领导权，同时利用夏姓人数较多，仗势欺压小姓，造成大小姓的对立以便利他们的统治。国民党顽固派在此活动也较猖獗。

柳堡乡兵民和党组织具有较高的觉悟和武装斗争经验。1942年组织自卫队，拥有枪支，曾经与国民党顽固派杨昉部队冲突过。1943年之后，在新四军连攻赵家河、王通河、王家营、大官庄以及车桥战役中，该乡自卫人民武装都出动配合。车桥战役后，敌人进行疯狂的报复“扫荡”，该乡民兵曾抗击两三百人的日本军队对柳堡的进攻，掩护群众撤退。自抗日民主政权建立以来，该乡始终没有被伪化，不曾缴过伪税，推行减租减息政策，政府每年发放农贷，使群众生活逐渐好转。

由于生活改善，环境安定，柳堡乡群众有强烈的民主意识，他们迫切要求通过民主选举，选出能代表自身利益的领导人。柳堡乡选正是在这样的条件下应运而生的。

周山率领工作组进驻柳堡以后，进行了精心的酝酿和准备，第一阶段主要是进行调查研究，了解情况，在党内外进行思想上、组织上的准备。

一开始，工作组同志根据初步了解的情况，联系支委干部进行调查工作，以有基础的中心村为重点，逐渐到无基础的新村，了解田亩、人口、土地分配、过去的工作历史、减租彻底程度、群众工作基础、本乡的民主运动、有哪些发动斗争的契机、斗争的主要对象、群众中有哪些可作为斗争骨干等基本情况。调查的中心放在搜集如何发动斗争的材料上。一般的材料尽量通过农抗、民兵、支部等组织用交谈的方式获得；特殊的材料，如个别斗争对象的具体材料，采用调查访问的办法来搜集。在调查中，即进行思想上的准备。支部是乡选的领导核心，所以首先在支部中进行了民主新乡制教育，开展了民主批评，以做通支部中党员们的思想。民主新乡制的教育层面抓住两个问题：一是党掌握政权的重要意义；二是新乡制与旧乡保长的区别，对群众的利益，特别强调了工农小资产阶级政治地位的提高。民主批评则先从支部展开，然后扩展到群众。在支部干部中事先说服了支书夏存来做示范，他第一个在会上检讨了过去假公济私、不通过行政搞白罚款、日伪“扫荡”中损失了三万斤公粮等问题。随后组织干事、财经干事也先后坦白检讨了过去各种不良倾向，进而展开了互相批评。在随后召开的支部大会上，区委先指出了支部内的不良倾向，并反复强调党的治病救人的方针，说明在民主斗争中通过自己坦白才能求得群众的谅解。这样，支部同志联系自己的思想和工作实际进行自我批评，打通了思想，加强了团结。

支部中干部思想做通后，即通过党员贯彻到群众，在群众中展开了广泛宣传动员，开了全乡群众大会，组织儿童团工作队采用说故事、唱小调的方式宣传民主乡选的意义，以实际事例说明新乡制的好处，并积极发动群众进行民主斗争。

除了思想上的准备，还在党内外进行了组织上的准备：支部在民主批评中进行整顿，重编小组，把不可靠分子隔离出来，让他们在实际工作中经受考验；农抗则在动员过程中进行整顿，编了倒租小组，并物色积极分子；准备好党员或非党员的骨干积极分子，乡选委员会与乡选工作队都在此时成立；支部负责同志以乡选委员身份出现，积极性一般的党员与非党员则以乡选工作队员职务工作。

上述各项准备工作都是同步进行的，如在调查研究中进行宣传解释、物色积极分子，在宣传动员的同时整顿组织。

第二阶段的重点是发动群众斗争，打垮封建势力。这一时期以坦白运动继续削弱封建势力，同时进行统战工作，团结中上层。斗争一开始，工作组根据调查材料，大体上确定斗争对象和步骤。全乡的主要斗争对象是夏晓岚，但由于他过去剥削群众都由爪牙出面，自己只躲在幕后指挥，因此，群众对他的阴险毒辣认识不足，他的政治反动面目在群众中更是模糊不清。斗争刚开始，工作组采用层层剥皮的办法，先发动群众斗争那些公开作恶的地主狗腿子，最后才把斗争焦点转移到夏晓岚的身上。

斗争首先拿封建爪牙夏爱美开刀。平时他仗着夏家势力敲诈勒索老百姓，不给钱就抢人家猪，宰杀后出售猪肉，高价强卖，霸占财物。受他侵害的群众很多，因此斗争进展顺利。夏爱美在群众压力下终于承认了罪行，斗争胜利的消息很快传遍全乡。工作组当天即召开积极分子会，总结了当天的斗争，并布置了第二天的斗争任务。第三天即将矛头对准夏晓岚，斗争前在党员中进行深入动员，指出他是全乡封建大头子，斗争他等于打击封建堡垒。经过前两天的斗争，群众已经认清了夏晓岚的反动本质。群众纷纷揭发他贪污合作社股金和治理黄河代金券，以及勾结顽固派县长杨昉及日寇少佐，造谣破坏等罪行。一位老婆婆的儿子是共产党的区委书记，十三年前因夏晓岚告密被杀，在斗争夏晓岚的大会上，老婆婆老泪纵横，台下群众群情激愤，夏晓岚终被民兵押送区署。封建势力的核心被打垮了，后来与封建势力有联系的一部分人都找到乡选委员会，声明和夏晓岚没有关系。而群众抬头了，要求当家做主的愿望更加强烈了。他们都说："现在是青天了，我们老百姓应该当家做主了！"开展与封建势力的斗争，使群众擦亮了眼睛，分清了阵营，也为资格审查打下了基础。一些平时作恶多端、群众痛恨的坏分子被剥夺了选举权和被选举权。与此同时，乡选委员会展开了中上层的统战工作，专门召开了士绅教师座谈会，会上首先征求他们的意见，让他们发泄了一些不满情绪，并婉言得体地予以解释，对群众的某些过头行动亦有分寸地批评，鼓励他们讨论乡选大会上的提案，并选举候选人，使他们感觉到共产党是真正搞民主的。群众情绪也更加平稳，很多人都能积极出来工作。

通过循序渐进的工作，群众情绪迅速高涨，他们自发起来谈民主、谈斗争、谈选举。工作组在斗争中抓住时机发展了党员队伍，发展了农抗，并成立了工抗和妇抗，为选举成功奠定了坚实的组织基础。进入选举阶段以后，工作组为确保选举成功，首先集中精力抓好村选。他们以干部力量较强的柳东村为村选先行村，将全乡干部集中到这里，参加村选全过程，取得成功经验后，再分别到各个村进行村选。村选完成后即准备乡选。乡选中，首先对党支部进行了改选，确定柳堡乡支委会由七人组成，并提出十三名候选人，全体党员通过“丢豆子”的方法选举产生了七名党支部委员，实际上对乡选来说这是一场预演。支委会的顺利产生，也为乡长和乡政府委员的选举创造了极为有利的条件。

乡选的那天，工作组和党支部发动了民兵、农抗、儿童团等敲锣打鼓，营造热烈氛围。大会会场布置得庄严肃穆，各村代表都在锣鼓声中到达会场。大会的议程有：乡选委员会作报告；通过大会主席团名单；通过候选人名单；主席作报告；区长讲话；候选人竞选演说及代表、来宾讲话；选举出的新乡长致词；新乡政府人员宣誓就职；区长授印等十八项。

大会依着程序逐项进行，在候选人的竞选演说中夏存来说得头头是道，演讲的中心内容是一心一意为群众谋利益。大家切身感受到他能为大家做事，关心大家利益，在投票选举时投给了夏存来庄严的一票。乡长和乡政府委员的选举一次成功。新乡长选出后奏乐鸣炮，掌声不绝。选举完毕，新乡长致词，乡政府人员宣誓就职，誓词如下：坚持抗战到底，解除人民痛苦，执行政府法令，发展生产运动，积极教育群众，不投降不妥协，不违背民意，不徇私情，不贪污腐化，不敷衍塞责。

柳堡乡选之所以取得圆满成功，人民群众破天荒地行使了自己的民主权利，选出了自己的当家人，这首先得益于广泛深入的宣传动员工作。在选举的各个不同阶段，工作组都提出不同的口号。在起始阶段，他们提出“民主，民主，老百姓做主”；在发动群众与封建势力斗争的时候，提出“有冤伸冤，有理说理，有冤事情大家讲，缩头乌龟没福享”；在进入选举阶段以后，又提出“选个好乡长，大家有福享”。这样一步一步把选举引向深入，始终按照预定计划顺利推进。

切实加强了对选举工作的领导，是柳堡乡选取得成功的关键。他们始终把发挥党支部的领导核心作用放在突出的位置，在每一阶段转换的关键时期，党支部都是先在一个村搞试点，取得经验后再指导其他村的工作。党支部还始终坚持民主集中制原则，让每个成员充分发表意见，然后再集中大家的正确意见，形成决议，加以贯彻，把乡选紧紧抓在手里。

运用恰当的斗争策略，是柳堡乡选取得成功的又一重要因素。他们始终坚持相信和依靠群众，采取逐步深入的办法，将斗争矛头逐步指向反动封建势力，使群众在斗争中逐步看清了反动封建势力的伪善本质和丑恶嘴脸。这样使群众要求选出自己信任的乡（村）长的愿望更加强烈，积极参加乡选的热情更加高涨，为乡选最终成功奠定了基础。

这就是著名的“柳堡乡选”。

全校师生从此次柳堡乡选中都受到极大鼓舞。大家一致认为，这样的选举才是真正的民主选举。而过去乡村里的基层政权都被那些封建恶霸所把持，抗日民主政府的法令贯彻到基层就变成少数人说了算，广大人民群众的民主权利得不到应有保障，抗日民主政权的基础得不到巩固。通过这次柳堡乡选举试点，大家都看到经过选举建立起来的“三三制”抗日民主政权，是团结了各阶层人士共同抗日。经历选举的抗日群众团体经过斗争的锻炼，得到了巩固，涌现出了一批有威信的群众领袖；人民群众生活有了改善，抗日情绪高涨，有管理政权的民主要求。通过民主选举，开始废除封建保甲制，建立新乡制工作，出现了“实现新乡制，大家出主意，不分男和女，管理国家事”的新气象。

在乡选之后，为了进一步获得柳堡乡的鲜活资料，成贻宾和同学利用假期到学校周围的农村调查一般贫苦农民的状况，了解到柳堡乡过去一些恶霸地主残酷剥削佃户的罪恶行径：他们利用管家（群众俗称“二地主”）以及庄头对贫苦农民进行层层剥削；他们还豢养一批为其服务的地痞流氓，对一些未能按时交租税和还高利贷的贫苦农民采取各种野蛮手段。广大贫苦农民有冤无处伸，有苦无处诉，真是生活在水深火热之中，走投无路。大部分恶霸地主是夏姓，对那些小姓农户更是有恃无恐，如果稍有反抗，轻则被吊打，重则有牢狱之灾，就是吃了天大的亏，也只能有苦难言。最为突出的例子是，柳堡乡最大的封建头子、恶霸地主夏晓岚，贪污合作社股金、治理黄河的代金券，以及勾结高邮县国民党顽固派县长杨昉和日寇少佐，造谣破坏民主政权等。十三年前，柳堡乡有一位共产党区委书记，就是因夏晓岚告密而被捕牺牲的。这位区委书记年迈的母亲每每想起儿子被国民党杀害就悲痛欲绝，就对夏晓岚无比痛恨。

到这里上学之后，成贻宾在柳堡农村进行走访调查的过程中，深深感受到中国广大农村的平民百姓多么盼望共产党来领导他们，大家同心协力赶走日寇，进一步推翻封建统治，建立一个没有人剥削人的新社会。经过民主选举，不但团结了农村中各阶层人士共同抗日，扩大了民族抗日统一战线，而且彻底铲除了农村中的封建势力。那些封建恶霸过去骑在广大贫苦农民头上，作威作福，为非作歹，干尽了人吃人的罪恶勾当。而百姓只得忍气吞声，敢怒而不敢言。日寇侵占这里之后，这些家伙为了自身私利，不惜出卖民族和祖国利益去投靠新主子，真正是数典忘祖。民主选举之后，这些封建恶霸势力被彻底摧毁，广大贫苦百姓当家做主，人民生活普遍得到改善，人人都感到这是共产党、新四军给他们带来的幸福生活。大家决心跟着共产党抗日，尽自己应尽的义务。

这时候的严主义做了一件令成贻宾觉得骄傲的事情。严主义自从改了名字之后，一心想着要参加革命，但是并没有真的成为一名革命人士。不过他和共产党的同志是有联系的，大家把这位老先生当作热心人，是个支持革命的“共产主义者”，但他没有真正参加共产党的任何活动和行动。

不过严主义做了一个壮举：他没有加入共产党，但是看到共产党做的好事情，自己盘算着用其他的办法支持革命，回家也不和儿女商量，找人作价卖了自己的房子，得了一笔可观的钱，留了一点点作为养老钱，其余的全部捐给了共产党的部队。大家对他的“壮举”有些不理解，不过严主义不以为然：这是我的私产，现在我把它共产主义了，将来要是共产党打下了江山，我就算是有功劳的，以后都共产主义了，我还愁没有住的地方，没有一口饭吃？女儿知道自己父亲的倔强，而且已经卖了的房子也是不好反悔的，再说他一个人也确实住不了那么多的房子，于是帮他在下河边上租了两间房子安顿好了。

老人从这以后精神更加好了，他觉得自己虽然不是共产党，但是自己的共产主义是真的。他觉得这钱捐出去了，一切都不是自己的了，但是心里非常地充实，他觉得自己做了一件很值得的事情。就像过去他的老太婆在世的时候，也不知道为什么总是去烧香拜佛，说什么信仰，那时候他是不理解的——就跪在那边，这么多钱财花去了，可是好像从来没有见过菩萨和信仰是什么样子的，每天都跪在那边叽叽咕咕地念叨点什么，最后好像也没有什么用处，也并没有保佑她过好日子，很早就离开了人世。可是这共产党却不一样，他们并不要老百姓给什么好处，而是来帮大家保卫家园，这样的队伍倒真像是活菩萨。说到这军人，严主义本来也是没有什么好感的，毕竟他的家是被那军阀洗劫过的。所以，他后来改名叫作严主义的时候，其实还没有完全懂得革命到底是什么道理，只不过是自己气不过去。现在他慢慢地明白了，这共产党的部队到底是不一样的，他们虽然看起来装备是不怎么样，就是衣服也并不都是一式的整齐，但是他们个个精神抖擞，而且待人也非常和善，看起来倒是不像大兵却像家里的邻居一样。当然他们打起仗来也是生龙活虎，虽然大的战役没有亲眼见过，但是军威严整。所以严主义总是在琢磨，自己既然大庭广众地改了名字，还说要支持他们的革命，可自己风烛残年又没有什么太大的本事，想来想去也只有这些房产，于是便在观察了好久之后下了决心卖了，这钱拿去支持革命了。革命的队伍自然是需要钱的，但是不能要老百姓的钱，这严主义听说这共产党有纪律不拿群众一针一线，心里就有些不高兴了：又不是你和我要，是我自己主动支持的，再说你们确实是很困难，为什么还要硬是撑着这个什么规矩呢？这是严主义的想法，他几次去表达心愿，最后还是感动了部队，首长表示确实也需要这笔不菲的经费，但是白拿是绝对不可以的，部队里一定要给打上借条并且盖章签字才可以收这笔钱。

这让严主义也大为感动，这样好的部队，和那军阀比起来真是一个天上一个地上。他把钱送到了部队之后，就不怎么去找他们了，他不想让别人觉得自己捐了一点钱，就整天来晃悠，好像要显示自己的功劳一样。但是他现在就是不去，心里也是非常地踏实，他知道自己为自己选择的主义，做了一件非常大的实事，这对于他这个家庭来说也是一种莫大的荣光，也许以后儿子回来看见这些房子没有了，会可惜家产没有了，但是他给孩子留下了一个好名声，严主义觉得这比留给他们房产更加有意义。

这几日感觉又有些无聊，自己的事情好像和镇上的人说不通，他们表面上都不说什么，但是从眼神里可以看出那是觉得老头子行为怪异。严主义认为这些人不了解自己，便要去找自己的外孙。他也没有什么东西带给孩子，就在镇上买了一些卤菜，他觉得这样实惠。对于这个老人来说，他自己能照顾自己已经很不错了，一辈子过的是老爷的日子，哪里想过晚年什么事情都要自己来做呢？他买了一些成贻宾喜欢吃的卤菜，带着去他的学校。成时清这些时候也没有心思去关心成贻宾，因为家里的生计是不能不管的。他们从南京回到氾水之后，发现乡下的日子似乎比城里好点，共产党军队所在的地方，形势没有那么紧张，倒真是有点世外桃源的意思了。所以他又张罗起开学堂的事情，依旧是私塾那般开馆教书，因为他在汜水镇上是有名的大先生，以前的学生也不少，所以不久学堂就又有了生气。成贻宾在学校读高中，十八岁的青年没有人照顾也没有问题。他从小就能够独立地生活，况且到了这个年龄，更是需要独立了。母亲严相清也并不清闲，因为成时清的母亲身体不好需要人照顾，刘二姐能照顾地里的事情已经不错了，父亲严主义整天晃悠算很省心，但是即便如此，操持家里那么多的事情还是辛苦的。

严主义买了东西去看外孙，走之前还在女儿门前喊了一声。严相清听说父亲要去看孩子，连忙把家里晒干的黄烧饼包好了让他带去。这种烧饼非常便宜，一般都是孕妇就着鸡汤吃点，这地方人叫它“黄呆子”。烧饼买回来用刀切成小块，在太阳下晒干了装好了，是很好吃的干粮，很脆，乡下人叫作“嘎嘣脆”。

成贻宾喜欢吃这个，母亲害怕孩子伙食不好会饿肚子。严主义走到了柳堡，看见到处是人，知道是部队在忙碌，心里总是有些不安，但又想着自己是真正懂得“主义”的人，于是便又昂着头往前走，一直到成贻宾的学校进了门才松口气。他关心孩子的学习情况，成贻宾一向听外公的话，和他汇报自己的学习，特别是在学校组织演讲运动的事情，严主义看着成贻宾讲得眉飞色舞心里很是满意。自己的女儿嫁到成家之后，没有过什么好日子，唯一让他开心的就是成家的家风好，孩子们都愿意学习，而且都考上了不错的大学。就如今的成贻宾来看，上个好大学也不是什么问题。这几个孩子是让他最开心的。严主义最喜欢成贻宾，他和自己在一起的日子最多，而且还和自己学过唱戏，他的聪明伶俐，让他这个外公想起来就觉得开心。现在孩子长大了还是愿意听自己这个老人讲话，他的心里就更加开心，他笑眯眯地看着成贻宾说话，又让他将带来的好吃的分给其他同学一起吃。这些正在长身体的孩子，很久没有吃到这么好的了，真是很解馋。

严主义说，现在的形势好一点了，以后每一个人家里都有好吃的，每一个孩子都有学上，都能吃饱肚子。成贻宾见自己的外公对未来的生活充满着希望，就给外公讲眼下他所知道的革命形势，并告诉他自己的一些想法。严主义真是没有想到，这个自己看着长大的孩子，如今竟然能够懂这么多，说起话来头头是道，简直就是个大人的样子。而成贻宾所说的形势是对的，如今的世界早已经开始转变了，就是在这偏僻的柳堡，一切也在悄悄地变化，他们年轻的鼻子已经闻到了令人充满希望的气息。

外面的时局也是风云突变，侵略者的形势已经是江河日下。

1945年7月7日，国民政府军事委员会公布抗战战果，并宣布抗战局面已转守为攻。

1945年8月15日正午，日本天皇向全国广播接受《波茨坦公告》、实行无条件投降的诏书。21日，今井武夫飞抵芷江请降。9月2日上午九时，在停泊于东京湾的美国战列舰“密苏里”号上举行向同盟国投降的签降仪式。日本新任外相重光葵代表日本天皇和政府、陆军参谋长梅津美治郎代表帝国大本营在投降书上签字。9月9日上午，中国战区受降仪式在南京中央军校大礼堂举行。1945年10月25日，中华民国政府在台湾举行受降仪式，这成为抗日战争取得完全胜利的重要标志。

在宝应，这种形势也是势如破竹的，人民军队以摧枯拉朽之势赶走了侵略者。

1945年8月9日，中共中央主席毛泽东代表党中央发表了《对日寇的最后一战》的声明，号召解放区军民举行对日大反攻。当成贻宾他们一帮年轻人在偏远的乡下都能得到这个消息的时候，他们知道胜利的曙光就要来临了，成贻宾带着同学们一起激情高昂地朗诵毛泽东的那篇文章：

八月八日，苏联政府宣布对日作战，中国人民表示热烈的欢迎。

由于苏联这一行动，对日战争的时间将大大缩短。对日战争已处在最后阶段，最后地战胜日本侵略者及其一切走狗的时间已经到来了。在这种情况下,中国人民的一切抗日力量应举行全国规模的反攻,密切而有效力地配合苏联及其他同盟国作战。八路军、新四军及其他人民军队,应在一切可能条件下,对于一切不愿投降的侵略者及其走狗实行广泛的进攻,歼灭这些敌人的力量,夺取其武器和资财,猛烈地扩大解放区,缩小沦陷区。必须放手组织武装工作队,成百队成千队地深入敌后之敌后,组织人民,破击敌人的交通线,配合正规军作战。必须放手发动沦陷区的千百万群众,立即组织地下军,准备武装起义,配合从外部进攻的军队,消灭敌人。解放区的巩固工作仍应注意。

今冬明春,应在现有一万万人民和一切新解放区的人民中,普遍地实行减租减息,发展生产,组织人民政权和人民武装,加强民兵工作,加强军队的纪律,坚持各界人民的统一战线,防止浪费人力物力。凡此一切,都是为着加强我军对敌人的进攻。全国人民必须注意制止内战危险,努力促成民主联合政府的建立。

中国民族解放战争的新阶段已经到来了,全国人民应该加强团结,为夺取最后胜利而斗争。

他们把这份声明当作一篇最为激情洋溢的文章来读，比读那些教材上的文章还要认真，仿佛就在这几百字里面他们听到了激烈的枪炮声，听到激越的鼓点声，听到了激动的欢呼声。这些声音在他们年轻的内心久久地激荡徘徊。

胜利是一个多么神圣而令人激动的字眼，是中华民族盼望了多少年的字眼。几十年来的苦难与战火证明了中华民族的不可战胜，证明了侵略者反动必败的历史正义。年轻的学子们虽然没有在战场上浴血奋战，但是他们健壮的臂膀和充满激情的面庞证明了这个民族后继有人。他们看起来是手无缚鸡之力的读书人，但是他们有自己的位置，他们踏实地踩紧了自己的土地，喊出了自己的口号，表现出了英武。战争的残酷摧毁了家园和生活，侵略者的阴谋一时间也毒害过子民的安康，但是一切都只是敌人的痴心妄想，因为这片土地是我们的，这是我们自己的家园，来犯的豺狼虎豹只不过是徒有虚名虚张声势，他们必然被赶走，就像是太阳总要下山去的必然规律，那些曾经凶神恶煞神气活现的日本侵略者，最终还是扛着自己失败的旗帜铩羽而归，回到他们那弹丸之地去，正义永远属于这片伟大的土地。

是年8月10日、11日，延安总部总司令朱德连发七道命令，要求解放区立即开始抗日大反攻。根据中共中央主席毛泽东的声明和总司令朱德的命令，苏中新四军部队和宝应地方武装以及民兵准备发起对宝应县城的反攻。8月15日，日本宣布无条件投降后，侵占宝应县城的日军退至徐州。伪孙良诚部一〇六团及伪保安团两千多人困守县城。黄浦、八浅据点的伪军龟缩进宝应县城。16日，根据中共苏中区党委指示，苏中第一军分区主力一部、苏中公学警卫连及二十四队、宝应县独立团以及地方民兵数千人对宝应县城实行了包围。伪县长江廉清委派伪协进会主任鲍执之、商会会长王锡等人分别出城与新四军进行了三次谈判，蓄意拖延时间，企图等待援军。

新四军识破其阴谋，在敌负隅顽抗不投降的情况下，于22日夜发起了总攻。一分区主力部队、苏中公学警卫连围攻南门，宝应县独立团围攻北门和西门，苏中公学二十四队围攻东门。在新四军密集炮火的轰击下，城西北的伪军碉堡被炸了个大窟窿，宝应县独立团于夜十二时率先突入城内，同伪军进行了激烈的巷战。接着，东南、南面、西南、西面各路部队也相继突入城内，于凌晨三时，将伪军全歼于城西北隅，战斗胜利结束。

这次战斗，全歼伪孙良诚部四十二师一〇六团、伪宝应保安团全部，生俘伪团副、伪县长江廉清以及伪警察长胡学明以下官兵两千多人，缴获迫击炮一门，重机枪三挺，轻机枪二十多挺，长短枪六百多支，战马二十多匹，汽艇四艘，汽车九辆，收发报机两台，电话机十部，医药等军用品无数，收复了沦陷六年之久的宝应县城。这是抗战胜利苏中收复的第一座县城。县城收复后，全县人民欢欣鼓舞庆贺胜利。

不久，宝应县中学迁回县城。宝应县抗日民主政府于10月10日在县城体育场举行收复县城庆祝大会，成贻宾和同学们特别高兴地参加了庆祝大会。从此以后成贻宾和同学们都能自由自在地在学校读书了，再也不受日本人欺凌了。宝应县城收复后，成贻宾又耳闻目睹，在共产党的领导下，政府想方设法救济贫民，发放小麦二十万斤，帮助群众重建被日伪军烧毁的房屋，提供粮食及衣物。积极组织群众开展生产自救，如磨豆腐、卷烟、搞运输等。由于历经多年抗战，运河多年失修，水患不断，给运河两岸人民带来了不少灾难。1946年3月，华中解放区人民对京杭运河邳县至高邮段进行大规模的春修。由政府拨巨款，实行以工代赈。宝应承担黄浦至子婴河闸八十里长堤堤身工程任务。由沿运河的泾河、黄浦、山阳、氾水、芦村、子婴等六个区，组织民工投入春修，此项工程由县长亲自指挥，主要任务是修补残缺、巩固堤防。当时每天五千多人投入整修，每个民工每天可得米四斤。这样既修好堤岸，疏通了河道，减轻了水灾，又救济了贫民，缓解了灾荒。成贻宾经常约同学到运河堤旁看民工们争先恐后的劳动场景。他不由地想起多年前老人们曾对他讲起1932年春，国民党政府治理运河时，那些地方官员贪污治理运河的经费和剥削民工的可恶行径。他感慨到真是两种不同政权，两重天啊！只有共产党的领导，才能为人民大众谋幸福。

同年6月，在共产党的领导下，离成贻宾家乡氾水镇不远的官庄乡搞土地改革试点。他回到家乡听亲友们谈论，共产党在土改中，首先通过农会、妇联会等群众组织，把广大农民组织起来，通过诉被剥削苦，算被剥削的账，启发觉悟，进行阶级教育。还以扭秧歌、唱小调、呼口号等形式进行广泛深入的宣传，充分发动群众召开算账会、斗争会等，向地主、“二地主”及高利贷等算租息、算剥削、算负担、算霸占、算敲诈、算侵吞，清算以后要他们以土地抵还，并发动地主自觉献田。为不留下以后变天算账的凭据，还针对性地开展了索要地契的斗争，召开群众大会将地契当众全部焚烧，农民们无不拍手称快。

广大农民分得土地后，生活普遍得到改善，生产和革命情绪空前高涨。成贻宾听到这些好消息后也得到鼓舞，同时他又想起多年前在读初中时，曾和同学到氾水一带农村走访农民时的情景。那时农民的生活是在苦海里煎熬，真是暗无天日。现在看到农民们在共产党的领导下翻身解放，当家做主人，这种欣喜的心情，怎么不叫人感慨呢?

这几件大事，成贻宾耳闻目睹，不仅仅是“赤色宣传”的结果——他对共产党的了解是真切的，不是空中楼阁、无源之水。成贻宾写了篇作文《观雪记》，表明是现实生活帮助他逐步形成了“爱与恨”的朴素世界观，他也对苏北老家的农民倾注了真诚的同情：

辛劳终岁不堪一饱，多于秋收之后，播麦既毕，遂一肩行李，阖家过江南矣，或为雇佣，或为艺工，甚或为乞丐，以度寒冬，迨惊蛰以后，又率归而去耕作……有小贩自墙角蹒跚而来，破伞敝履，叫卖战栗，余怵然思及无衣无食者，冻馁于冰雪之间，又仿佛目睹面团团富翁交觥于火炉之旁。

第五章
大学之路

1946 夏末，成时清全家再去南京。

他们这些年离开和回到氾水已经成为一种经常的事情，好像老家的人们也习惯了他们的来来往往，他们似乎就是奔波的命运。不过在大家看来，他们的奔波是有出息的，乡里人都觉得成家的孩子才像个过日子的样子，有本事的都往外走，不像自己家的孩子，只愿意在这老镇上周旋，一辈子像是走不出这小地方一样。他们这些子弟也有发愿的时候：我迟早是要离开这里，去做出一番事业来。但无奈的是这些孩子们都是嘴勤身子懒的人，他们说得多却很少去做，父母也容忍他们如此，内心也不想自己的孩子出远门去，管他好歹在身边活着就是不错了，也不敢让他们离开。说到底这些父母也是懒惰软弱的，不过他们一面艳羡着成家的孩子有出息，一面又守着自己的小日子，这样倒也相安无事。

不过在外面的苦，他们也是不能理解的。

特别是到处都需要钱的时候，如果你远在他乡，这种悲凉是难以体会的。不过这些话又不好拿出来说，在大家面前总是要强装着不错，人家问起来总说日子是过得去的，不过究竟怎样只有自己的心里是明白的。这一点成时清夫妇心里是最清楚不过的。就是对自己的父亲和婆婆，严相清也是尽量不说生活中的难处。对他们说了只能让他们不放心，他们既然帮不上什么忙，再让他们担心就更是毫无必要了。严主义一个人照顾好自己已经不错了，老太太其实也知道孩子们的艰难，但她也不忍心多去说，因为自己也确实没有什么能力去帮助孩子们，说多了不过也就是让他们徒生伤悲，于是就都这样坚强地不说什么。日子于是就这么过着，撑着过也是过，老太太说今日虽然是辛苦的，但是熬一熬睡一觉明天早上又是浑身的力气——日子是过不完的，力气也是用不完的，如果哪天日子过完了，要这力气也没有什么用处了。所以一大家子的人就这么撑着过日子，即便在别人看来成家有很多值得羡慕的地方。

成时清一家再回到南京，境况比以前更糟糕一些。他的脚病仍然是个大问题，看病需要钱不说，工作也很受影响。于是也只能在别人家做家庭教师，这样总是比在学校上班相对自由一点，也可以多休息一点。过了几个月，朋友们见成时清日子艰难，做事行动也很是不方便，就让他不要再做这个工作。朋友们对这一家人也很是照顾，几个人一起去帮他们做工作，说通了南京光华商店的经理，让他去那边司账——做会计的事情成时清可以说是轻车熟路的，之前他在许多地方做过这类工作。这样他就可以相对稳定一点，不用到处去奔波。

成贻宾自然是想着回南京上学的，但是南京的学校情况也不比以前，模范学校的门一时回不去了，于是大家便劝他早点出来工作，男子汉先要成家立业。其实这些话父母听了都是非常心酸的，因为成贻宾的成绩一直很好，之前两个哥哥一个姐姐都考上了大学，那时候的日子也非常地艰难，如今到了成贻宾这儿却难到学也不能上的程度，真是令人心伤。本来家里人以为让成贻宾去工作是说不通的，所以先是帮他找了一份工作，之后请朋友们来家里做他的工作。其实成贻宾也已经年近二十，家里的情况也不是不知道，父母的辛苦他也是看在眼里的，他觉得自己以后要是想读书也并不是没有机会，只不过就眼下的情况，还是先把这个家庭一起给撑起来可能更合理一点。在南京过日子可不是在氾水，在老家多少总是有人帮助一点，再不济也是有田地的，一把菜一碗米总是能想出办法来，可是这城市里只有高楼大厦，想要到别人的碗里看一眼都是不可能的。在这大马路上，汽车川流不息，总是看见很多人西装革履，看到店铺里的生意很是红火，人与人之间也非常地礼貌和客气，不过在这里有钱人就是有钱人，穷人就是穷人，他们之间就是有明显的区别，你不要想着因为你困难就会有陌生的人来觉得你非常不容易，就是朋友之间，没有那种特别的交情，也没有人在意你会怎么样，总是各人自扫门前雪，哪管别人瓦上霜呢。

成贻宾也是感动于父亲身边的这些朋友们，这些人也都不是南京人，他们有些是苏北老家的，有些是过去在苏南认识的，有些还是从浙江等地方来的。这些人和自己家的境况有些相像，都是背井离乡，都是自认为自己有些才华，但是因为时局不济，日子过得非常勉强。这些人之间的帮忙其实也就是热心，也不能帮上多少大的忙，只能是引荐引荐，介绍介绍，可即使是这样，在这个世道也已经是非常不容易的事情了，更何况他们几个人还合力给成贻宾介绍了一个不错的工作呢。

这份工作就是在南京国民党政府某部门的留学班当小职员。这个小职员其实也就是打下手的工作，好在也并非十分忙碌，成贻宾对此倒是非常满意，因为这样他可以有空读些书。现在他也想明白了，其实想要读书未必要在学堂，他已经不是过去的小孩子，需要老师们的指点，现在他完全有能力自学了。这倒比平时去学校还要自由一些，关键是他还可以早点接触这个世界，为社会切实地做一点事情，以微薄薪金贴补家用。当然，成贻宾仍一心想着升学，求得深造，他抓紧工余时间复习功课，准备一有机会就投考大学。

他在国民党政府部门里工作，其实内心也是清楚的，这个不过是自己的临时过渡的工作而已，他在这些年东奔西走的经历中，对于政治也有一些认知。特别是在宝应生活的那些日子里，看到了革命翻天覆地的变化，政治在城市也许显得非常地庄严肃穆，但是在农村那就是真刀实枪血肉模糊的事情。也许在南京地界，政治的斗争还残余了一些公众形象和燕尾服包裹着的体面，而在最底层的一线战场，战争就是血与肉的争锋，没有什么同情可讲，多少无辜的人就在完全无知的情况下丧命。而在各种斗争之中，土地和家园被残害得面目全非，你无法想象那些残酷的现实就这样一次次地出现在自己的面前。其实，在成贻宾的心里早就有了判断，这种判断大概也是外公严主义对自己的影响，那就是相对而言共产党的军队才像是老百姓的军队。这话成贻宾也深有同感，他所在的学校周边就驻扎着共产党，从来没有见过他们骚扰老百姓，所以对于外公将自己的祖产变卖支持革命的事情，他感觉到非常地骄傲，他为自己有这么明理的外公而骄傲，也为他帮助革命做了好事而骄傲。

成贻宾觉得社会弊端太多，必须改造才能救国。可是成贻宾也明白只有有了知识才可以改造社会，有了能力才能够改造社会。在他的心里还不是想着做一个政治家去改造社会，而是做一个切实的有技术的人，这样就能够改变自己国家的科学技术，从而让自己的祖国成为强国，这样就可以解决被人家欺负的问题。现在日本人是被赶走了，但是如果依旧这样搞内战却不管经济民生，以后还是个穷家底，最终还是要被人家欺负。国家的日子和老百姓的日子一样，你一个大家庭的日子过得红火，人家都来巴结你讨好你，你的日子过得不好，大家就都远离你，甚至还来欺负你。今天的中国人总算是赶走了日本侵略者，但是如果依旧这么落后，将来一定是会重蹈覆辙的。成贻宾觉得，之所以这么多年战争不停歇，根本的问题还是贫穷和落后，如果国家进步了，争端也会少起来，这是他作为一个年轻人的想法。他觉得年轻人救国不能单单只是喊口号学做政治家的事情，而是要切实地担负起社会的责任，做一些真正能改变世界的实事。

眼下，他觉得自己做的也不是什么实事。在国民党政府的部门里工作，做的这份轻巧的事情看起来还有一点点体面，但在成贻宾的内心，这不是他想要的生活。虽然目前他对于政治还没有什么太多的选择和立场，但是对于自己工作的状态还是有追求的，他之所以愿意暂时做这样的工作，并不是因为这个工作轻巧，而是觉得这个工作可以让他有时间多读书复习，因为他还有自己更大的理想，还是要想方设法地去考学，想学一门经世致用的学问，将来能够真正地报效祖国，而不是整天在这种清闲的等待中度过——这至少不是年轻人应该有的生活状态。他把自己的想法告诉了远在老家的未婚妻，彭毓芬在家也努力地读书，她感觉为了爱而追求也是很美好的事情。本来也许她在老家可以过安静的日子，但是自从遇见了成贻宾，她觉得自己的世界完全地变了。他说的每一句都让人愿意听，她做什么都想着他的样子，虽然一个人自学非常地苦闷，但是想到爱人对自己的期望，想着自己也能够通过努力一起去南京生活，特别是和自己最爱的人在一起生活，她的内心充满了温暖和力量。他们的爱情不是那种平凡的儿女私情，他们为了自己的爱而有着最为美好的计划，并且不管现实是多么地艰难，都愿意为了这份爱的承诺而去坚守。

之前，成贻宾也几次约她来南京，彭毓芬觉得这个地方一定是会去的，但是一定要凭着自己的努力来到达。在成贻宾的鼓励之下她努力地学习，朝着爱人的地方，也朝着自己人生梦想的地方前进。她将成贻宾写给她的关于他们所要的“新生”十条抄写在自己的笔记本上，也记在了自己的心里，这就是他们爱情的宣言，是他们实现美好未来的纲领，实际上也是很多年轻人都应该有的美好抱负。彭毓芬给成贻宾回信，大概不久她就真的要去南京了，而且这次去一定要凭着自己努力留下来。通过这些年的相处，尤其是她通过学习，更加明白一个道理，那就是女人要靠着自己的努力去生活，美貌和青春都不是优势，只有努力才会让青春和容颜更加迷人，更加有魅力。这个道理彭毓芬越来越深刻地感觉到了，也许当年自己真的可以就在家里帮人带孩子，或者早点嫁人做一个妻子，也许根本不用读什么书。可是那样的话，她的生活一定是如自己身边很多人一样没有生机。其实这些女人也不能完全怪罪命运的不公，她们自己也没有为自己努力过。在她看来，也许自己的努力并不一定能够成功，但是这种经历至少可以让自己明白到底有没有能力过这样的生活，哪怕是最后得到四个字——此路不通，那她也会为自己的努力而自豪和骄傲。

她写信给成贻宾，告诉他，她要参加考试，尽可能取得好成绩，体面地留在南京，开始他们梦寐以求的生活。她从汜水出发的时候只带了一些简单的衣物，其他的可能就是心里满满的希望了。她觉得内心无比地坚定，她觉得他们之间的爱就是最大的力量。这种纸上来往的诉说，其实是内心最坚定的力量，那些细碎的思念和温柔的话语，是她这几年能够在清贫遥远的乡下坚持的原因。

自然是功夫不负有心人，这年秋天，彭毓芬凭着自己的努力考取了南京市立师范学校幼稚师范专科班。其实对于这个学校彭毓芬心里也不是十分满意的，因为这毕竟是个专科学校，以后从事的还是幼儿教育的工作。但是现实的情况也很无奈，考虑经济的原因，报考这个公费学校对于她来说更能够为家里节省一点。彭毓芬想着只要是到了成贻宾的身边，和他在一起，哪怕是暂时有再多的不满意，也会被他们之间的心心相印所代替。她收到通知之前就去了南京，她迫不及待地想见到他，以前分在两地自然也是想念的，但是因为彼此的承诺，即一定要等她考去南京，所以直到这时候她似乎才有理由奔往爱人所在的城市。

在南京的日子里，成贻宾陪着她去紫金山上看看江南的景色，这里到底是古城，几朝古都的盛景虽然已经成为往事，但毕竟比苏北的景色要标致许多。不过来了几日后，说到自己上学的事情，特别是要上的这个学校，彭毓芬依然有些不开心。成贻宾看出了彭毓芬的不如意，也知道以她的能力可以上更好的学校，不过因为经济原因只能如此。但是在成贻宾看来，既然现实已经如此，不妨坦然接受，就像是现在的自己，本来有满肚子的抱负，无奈家庭困难，也只能暂时如此。现在好不容易两个人能够在一起了，日子已经算是很不错了，况且幼儿教育对于一个女性来说还是很适合的，而对于一个国家来说孩子的教育也是至关重要的。他开导彭毓芬说："教育是一种最积极最根本的建设力量，而幼儿教育又是教育的基础，实在万分重要，对一个人的成长起决定作用。"这些话说得彭毓芬心里好过了一些，不过她突然想起来对他说："今天我要告诉你一件事情就是，其实我并不是比你小的，我本来还比你大两岁……"成贻宾听了这话有些意外，问她为什么要隐瞒自己的年龄，彭毓芬红着脸笑着说："哪里是什么隐瞒，我只是喜欢你叫我妹妹时候的样子，我喜欢得到你的保护，喜欢你帮我出主意想办法的样子！"是的，情人之间这又叫作什么隐瞒，他们真的就是为了彼此之间有一种更加温存的关系，能够让他们更加依恋，其实这本也无关乎年龄，不过是彭毓芬故意这样来做，让成贻宾有些意外，也觉得非常有趣，这让他们感觉更加甜蜜，他们的手更加紧密地牵在了一起，坚定地走在一条幸福的道路上。

这次来南京，彭毓芬还给成贻宾带来了一样东西。这样东西真是非常地宝贵。在出发之前彭毓芬去看望了成贻宾的奶奶，毕竟现在是他的未婚妻，她要去南京，问问他们有没有什么要带去的话。老太太没有什么话要说，现在她帮不上孩子们的忙，也不喜欢多说话，家里的没有什么好事情可说，就是有不好的事情也不能告诉孩子，省得让他们在外面担心。她的道理倒也非常简单——自己不能给孩子们帮忙，至少也不应该给孩子添乱呢。

这天正好严主义也在，他倒是有信要带给成贻宾。他说成贻宾不是自己的女儿，也不是自己的女婿，而是自己的外孙，他最喜欢这个"细小伙"——其实早就是个大人了，但是他还是这么叫自己的外孙，这个喜欢和自己一起唱戏的外孙。不过他也没有什么要紧的事情，他自己的困难也不和孩子们说，这一点和老太太非常像，他们这一辈的人自以为好像没有给自己的孩子什么好东西，就更加不忍心给孩子不好的东西，所以就是有些苦楚也都是放在自己的心里。严主义说得比老太太更明白：都要死的人了，就不要再给这个世界还有孩子们添麻烦了，自己一辈子没有什么大出息，就不要再麻烦孩子们，让他们也难有出息。所以这些老人，心里不管有什么难过的话都不说出来，就像这严主义一个人活了这么多年，也没有说自己有什么苦的——其实哪里能不苦？女儿心里也是知道的：过去父亲是个老爷，什么事情也不要自己做，后来家道中落了，家里什么也没有了，吃饭要自己来，洗衣服要自己来，一切都要自己来。不过现在时代是不同了，不劳动者不得食，自己的父亲毕竟已经老了，过去什么事情也不会，到了一把年纪却要来学生活，这真正也是一件心酸的事情。但是女儿有什么办法？她的日子也不好过，带着几个孩子把他们是拉扯大了，但是家里的环境还是没有什么改变，现在的时局大家保证自己的饭碗就不错了，哪里还有什么余粮？日子一直过得紧巴巴的，有时候还很困难，加上成贻宾的父亲身体一直也不好，那脚病几乎是很难好了，想到这个事情心里就觉得委屈，可是心里再委屈也没有人来心疼你，所有的事情还是要自己来做的。所以孩子们的事情也不和大人们讲，老人们也不问他们的事情，他们之间并不相互说什么，其实大家心里都知道彼此都非常辛苦。而且，就是知道自己的父母辛苦，也只能是这个样子，不然能有什么办法呢？有时候严相清就假装自己并不知道这些事情，在外的时候如果没有家里的消息也不去打听，真正是没有消息就是好消息。有时候夜深人静想想也掉眼泪，也想着老人的不容易，到老了也没有人去照顾。不过这些事情只能在夜里想想，等天亮的时候就容不得你想那么多了，那么多事情要去做，那么多现实问题要去解决，哪里有时间让你天天去想象呢？想象的时间都没有，一点让人喘息的机会都没有，这样的日子也真是糟糕透了。

不过大家都这样，也就只能如此了。

现在的严主义好像已经习惯一个人的生活了。他唯一牵挂的就是自己的小外孙。这次他让彭毓芬带来的是自己的一个宝贝，要交给自己的外孙。这在彭毓芬看来也算不得什么宝贝，说是财产吧不过就是共产党部队开具的借条，当初说好这笔钱是赠送的，即便是以后可以归还，也不会去讨要，这不过就是一张纸而已。但是严主义将这个看得很重，他觉得这就是完成自己信仰和主义的见证，他这一辈子好像就是做了这么一件伟大的事情，好比是拿到了名牌大学的毕业证书，这不是一张普通的纸，这是一个人的信仰寄托。

成贻宾拿到这张纸的时候，手是有些颤抖的，他知道这是外公变卖了最后的依托换来的。没有人让他一定要这么做，而正是因此他的此举才真正是壮举，是义举，是善举，是令整个家里都感到骄傲的事情。这个世界虽然混乱得有些荒唐，但是人心总是有把尺子的，你做的是好事还是坏事，这到底是会见人心的。就好像同样是驻扎宝应的军队，军阀是什么样子，国民党的军队是什么样子，而共产党的军队又是一种什么样的风范，一目了然。外公自从被军阀把家里像抄家一样抢了之后，他就心灰意冷得要改变自己的主义，最后他知道了什么样的人才能相信，自己虽然不是共产党，但是意识到要做点实事帮助他们，主动将自己的祖产全部变卖了。这就是对比和区别，这也是对老百姓最好的教育，大家看在眼睛里记在心上，不要你怎么去动员和说服。他们作为一介平民也许说话的权利也没有，或者说他们压根就不会说一句话，他们过的是自己的日子，并不关心这些事情。但是他们并不是没有任何判断的人，他们知道谁是好人谁是坏人，什么样的人应该去帮助，什么样的人只能是无奈地摇摇头。好人和坏人这样的区分非常简单而朴素，但是在老百姓的心里，这样的分辨是最直接也是最有效的。他支持你也许一句话也不说，他憎恨也许还是一句话也不说，可是人心的向背也不是老百姓怎么说，而是他们怎么做。他们默默地支持共产党的部队，知道这是为共产党做事，也是为自己做事情，因为他们发现共产党就是为穷苦大众做事的。共产党的军队里大多数都是穷苦人，他们知道老百姓的痛苦，他们就是老百姓的兄弟姊妹，所以他们就是为百姓做事的。

成贻宾觉得这是外公给自己的传家宝，他一定要好好地珍藏着。他想自己以后要更加努力地学习工作，也用自己的努力为社会做一些事情，也许只是做好一件事情就算是一个有用的人了。就像是自己的外公过去被人叫作地主老财，虽然没有什么恶行，但至少和贫苦人民是有隔膜的，后来时局变坏改变了他的命运，他却能够尽力做点事情，这也是善莫大焉。为社会做好事不分大小，也不会有迟早，只要你有一颗真心去做。

在工作了大半年之后，成贻宾业余的学习也有了很大的进展。他虽然做着一份工作，但是心里想的依旧是学习，依旧是想要通过大学之路达到自己人生的理想。他的理想并没有那么伟大，却非常务实，他想成为一名懂得实务的青年，能够有自己实打实的技术和本领，成为一个通过双手改变自己生活，也能够改变未来世界的青年。他觉得自己这一年离开学校与其说是被生活困难逼迫的无奈，不如说是他在暗暗地做着人生的准备。只要有读书的信念，在哪里读书都是一样的，在工作之余的时间里他读书更加认真，更加珍惜每一分钟，更加努力地学习每一本书上的知识，他知道世界上并没有真正的困难，如果真要说有困难那就是自己的自暴自弃。只要是能活在这个世界上，不管有多少阻力，自己的内心只要坚定了前进的方向，那一切的困难就都是纸老虎。这一年彭毓芬又来到了自己的身边，可以说自己还是很幸福的。幸福并不一定是锦衣玉食，也并不是什么身居高位，有时候就是生活困难一点也是不可怕的，只要自己觉得幸福，或者说自己始终坚定能够走向幸福的信念，那么你随时随地都会有幸福感。

家里的日子虽然窘迫，至少大家还能在一起，还能有一个屋檐为一家人遮风挡雨，这和那些无家可归的人比不知道要幸福多少了。成贻宾经常告诉自己的是，不要去和那些有钱的人比，看看那些穷困的人，自己其实已经非常幸福了。人不要总是觉得自己没有什么，而是要想想自己现在有了什么。自己有什么？自己有生命，有在一起的一家人，有甜美的爱情，有可以谋生的饭碗，有可以为之奋斗的理想……如果这么想的话你就会发现，其实生活并不是不公平，你也不是真的一无所有，而是拥有了很多，你就更应该倍加珍惜，努力地生活，用自己的双手改变和创造一个全新的世界。这也是他在宝应读书的时候给彭毓芬的信里说的，他们要有新生，要有新的生活、新的梦想，并且要为此付出最为坚定的努力。

现在他觉得自己准备好了，他要为了更加理想的生活去努力，去奋斗，去进步。这是他作为一个热血青年所有的信心和梦想。成贻宾在 1947 年的夏天，同时报考了几所大学。他要看看自己的实力，要看看自己这些年的努力是不是能得到回报。当然，春种一粒粟，秋收万颗子，他的努力和才华得到了认可，他以优秀的成绩被清华大学、英士大学和中央大学录取了，甚至清华大学还给予了奖学金待遇。

现在开心的事情来了，他的努力得到了回报。可是烦恼的事情也来了，那就是这么几所都很好的学校，他选哪一所？清华大学是自己最心仪的学校，可是远在北方，就是路费也是很犯难的，不要说再去学习生活了。父亲一向不给他什么意见，他是一贯民主的，几个孩子的成长他虽然费了很多的心思，但是关于他们的未来，他都不做任何的干预。成时清自己本来就是在一个民主宽松的环境里长大的，他太懂得自由对于一个人的重要性了。特别是这个很荒唐的年代，没有自由会更加让人窒息。母亲严相清是不想成贻宾去北平读书的，因为这些年一家人虽然辗转各地讨生活，不过他们一直在一起，成贻宾也一直和自己生活在一起。 对于这个年龄最小的孩子，虽然他很优秀也很独立，但是母亲就是不愿意他离开自己。 也许他永远是自己最小的孩子，永远是长不大的孩子，也许她早就害怕有一天他长大了会离开自己，这是自己最小的孩子，如果他都远走高飞了，那自己就真的太寂寞了。

况且考虑到现在家里的情况，路费用度也是一笔不小的开销，这也是必须要考虑的事情。 这些年在南京生活，到底也积累了一些资源，不管这些对家里的生活到底有多么大的帮助，但至少也有些照应。 现在如果只身一人去北方的话，看似实现了自己的心愿，但是现实中还有太多的问题要面对，这也是一种必然的代价。 其实在彭毓芬看来，她更是不愿意让自己的未婚夫去北方的，他们本来城乡两隔，好不容易能够聚首在南京，现在又要分开的话，那自己当初的努力是不是也是白费了呢。 她现在想得更多的是，能够守在爱人的身边，不管日子有多么清贫和辛苦，只要有他在身边，就是每日白米咸菜也是最美好的日子。 但是彭毓芬也是一个很明理的人，对于成贻宾的事情她也不说什么，她心里很清楚自己的爱人，此时内心是矛盾和焦灼的，这个时候她只有默默地等待着他的决定。 她也明白成贻宾之所以犹豫，除了经济的原因，很大一部分也是舍不得自己。 现在自己在南京读书也不能半途而废，最重要的是他们再也不能分离了。 过去觉得天各一方的日子写信也是很美好的，不过现在已然在一起了，想要分开就更加难了，美好的日子最害怕的就是结束和分离。

成贻宾知道这些问题就在眼前，自己必须要尽快地下一个决断。他无助之下去了自己大哥成贻典那里，成贻典现在在镇江工作，坐汽车去也不远，他正好借这个机会去镇江看看，顺便放松一下。 彭毓芬也正好在假期，便跟着他一起去了镇江，正好也去看看。 在镇江他们见到了大哥，成贻典在复旦大学学的也是工科，现在是汽车厂的工程师，见到成贻宾自然是欣喜万分，这个弟弟小自己二十几岁，如今已经长成了一个男子汉。 在哥哥的住处，他们谈了很多的家事，自然最要紧的是自己的学业。成贻宾想听听哥哥的意见，成贻典这一辈子也是到处奔波的命运，现在安顿下来也会给家里一些补贴用度，但是日子依旧是紧巴巴的。他的意思是建议成贻宾就在南京读书，毕竟还在父母身边，他们现在年纪也一天天地大了，以后总是要有人照顾。中央大学也是很好的大学，它的工科机电学院很不错的。要是有条件能够去清华自然是好的，但是综合各方面的情况还是在南京读书比较好。

其实这一路想来，成贻宾也有了自己的答案，现在哥哥一说他就更有主张。在南京读书照样是不错的选择，人生有时候需要选择也需要一种面对和放弃，世界上没有十全十美的事情，而如今的形势对于他而言已经算是非常地美好了。彭毓芬听大哥劝说他就在南京学习，心里也是非常地开心，她这些天也做了很多的打算，因为不知道成贻宾最终的决定，所以她也非常纠结。现在算是尘埃落定了，自己的世界里也突然是云淡风轻了。

她好像觉得他就是自己的全部，他就是自己的天空，他的喜怒哀乐就是自己的阴晴冷暖。他们在镇江去了著名的金山寺，听带他们一起去的大哥讲金山寺的故事，讲的是白娘子的故事，那是一段古老的爱情故事，这些事情听起来虽然非常老套，但是依旧让人非常感动。其实对于恋爱中人来说，很多小事都能够感动他们，毕竟他们的心里是满含着爱意的，他们看一切都是美好的。他们也庆幸着自己的爱情，能够那么地坚定执着，也没有像白娘子和许仙一样遭遇周折，对于这一点，他们应该感觉到世界上最大的幸福。

从金山上下来，成贻宾对彭毓芬说：我想明白了没有什么比守在一起更重要，多少人为了相逢吃尽了苦头，我们既然已然相逢为什么还要分开呢？这些话让彭毓芬非常感动，她觉得眼前的爱人真是值得托付，她这些年的辛苦得到的甜蜜果实让她无比幸福。现在她忘记了过去一切的分离之苦，只是记得修成正果的美好。大哥看着他们仿佛一对神仙眷侣也真是由衷地高兴。成贻宾是标准的美男子，他有俊秀的面容，是家里长得最好看的孩子，不要说是在汜水镇，就是在南京城里也是数一数二的；而彭毓芬虽然这些年都在乡下，但是到底也是天生丽质的，根本就是不用雕饰的清水芙蓉。看到这样一对恋人，成贻典由衷地感到高兴，自己家最后一个孩子终于有了好的归宿，学业有成又有了爱人，虽然一家人分居几地，但是心总是在一起，总是能体会到日子越来越好的幸福。

成时清在南京修书一封到老家去给母亲，告诉她成贻宾已经考上了大学，现在将要去中央大学工学院电机系学习。原本也是考上清华大学的，但是综合考虑还是留在南京，清华大学的招生人员非常遗憾，还给他保留了一年的奖学金，如果他还想去清华的话，大门还是为他敞开的。现在家里四个孩子都考上了名牌大学，虽然生活还是很清苦，但是这个消息也算是光耀门庭了。不要说在汜水，在宝应像这样一家四个孩子都是名牌大学的事情也是非常罕见的，这要是在过去家里光景好的时候还不要大摆酒席庆祝一下?

老太太听严主义给自己读儿子的来信，两个老人都是热泪盈眶。特别是老太太，这一辈子就是为了孩子的读书而忙活，不管家里多么地困难，都要求孩子们读书，就是女孩子也要读书，读书才有出路。在汜水镇上这事情也是传了很多年——困难的时候卖了家里的田让孩子们去读书，这样的人家真正是令人敬慕的。现在算是皇天不负有心人，成家虽然萧条了，但是子孙们还是争气的，这是最令人欣慰的事情。老太太觉得自己这一辈子吃的苦值得了，现在自己手上的任务算是全部完成了。如果再能够看到成贻宾和彭毓芬结婚，她就没有任何遗憾了。在乡下就是这个样子，老人们一切都是为了孩子忙，忙完了孩子的事情再忙下一代，其实根本就没有个结束的时候，虽然他们经常还劝说自己，等到孩子长大了就好了，但是只要他们还活着就会为孩子们不停地忙碌，这一种付出真正是伟大的。

成贻宾拿到了中央大学的录取通知书，他这些年的努力终于得到了回报，能够到一所思想活跃名师很多的高校读书，用父亲成时清的话来说那就是“睡着了还要笑醒了”。 大家真的也为他开心，一路把他送到学校去，就像是送一个去幼稚园的孩子。 成贻宾本来坚持要一个人来，可是全家人都觉得这是幸福的时刻，应该和他们一起分享一下，成时清夫妇几个孩子都上大学，但是送到学校报到的就是成贻宾一个。 他们始终觉得成贻宾是个孩子，尽管他已经是二十岁的男子汉了。

中央大学到底是名校，到了学校之后他才知道这个学校深厚的背景。 一所学校就像是一本大书，你看封面好像能了解一些信息，但是只有认真去阅读你才会明白，这本书到底有怎样的深度。 这些深度需要你慢慢地去了解，去懂得，然后你才会爱上这么一处自己人生的中转站。 这一站对于一个青年人来说是至关重要的，以后的路会越走越宽，越走越长，这里就像是一个飞机的起飞场，让心里有梦想的人都能够借助读书飞翔在更加自由的天空。 大学比起中学来，这种自由的滋味更是明显，现在他们可以按照自己的美好心愿去努力，去改变自己的人生，并且努力地去改变这个世界。 所以说进中央大学校门的时候就有一条标语鼓励这些孩子：你们是世界的中流砥柱！ 这句话真是振奋人心，充分地表现了中央大学的豪迈与情怀。 这所学校在南京甚至在中国和世界都是有些名气的。 成贻宾入学的第一课就是和同学们一起来学习学校历史，看看这所学校的前世今生，让他们更爱这所名校。

1921 年，由近代著名教育家郭秉文先生倡导，以南京高等师范学校为基础正式建立国立东南大学，成为当时国内仅有的两所国立综合性大学。 近代史专家梁敬錞在其《记北大（东大附）》一文中有评论：“东大所设文史地部、数理化部皆极整齐”，“北大以文史哲著称，东大以科学名世，然东大文史哲教授，实在不亚于北大”，奠定了当今南京大学文学理学的雄厚基础。 1921 年，商科迁至上海扩充为国立东南大学分设上海商科大学。 1923 年 7 月，南京高等师范学校正式并入国立东南大学。 此时国立东南大学学科齐全居全国之首。 1924 年 4

月，停办工科，以工科机械、土木、电机三系与河海工程专门学校改组成立国立河海工科大学。1927 年 3 月，北伐军攻占南京，6 月，以国立东南大学为基础，并入原由该校衍生的河海工科大学、上海商科大学和江苏法政大学、江苏医科大学及江苏境内四所公立专门学校，在首都南京改组为国立第四中山大学。初设九个学院，包括文学院、哲学院等。1928 年 2 月，因“国立第四中山大学”校名易致混淆且不合常规，校名改为国立江苏大学（后只称江苏大学），此举遭到学校上上下下反对，引发了“易名风潮”，学生请愿代表团恳请改校名为“国立南京大学”等，但政府大学院没有回复，为此学生罢课三天。最终，中华民国中央政府大学委员会于 1928 年 5 月 16 日做出决议：“江苏大学改称国立中央大学”。“易名风潮”始息。“国立中央大学”正式登上历史舞台。

现在，成贻宾就是一名中央大学的高材生，他走在校园里，或者说他即便是在校园之外都会想着自己的学校，想着学校里成片的绿荫，他觉得心情非常美好。他终于实现了自己的梦想，他下定决心自己要更加努力，把在这里的光阴过得更美好。现在他有了实现自己梦想的平台了，所以梦想对于他而言不是唾手可得，而是身在其中。他见到每一个人都会微笑，他觉得生活对自己是充满善意的。也许他是吃了很多的苦，这二十年的经历也算是一路波折而坎坷，但是现在想起来，这些经历与其说是苦难不如说是时代给自己的造化和幸运。如果没有这些奔波与颠沛流离，他也许就是一个平凡的孩子。平凡也不是不好，他年少时的那些玩伴在汜水乡下过得也蛮好的，但是这样自己就没有机会看到更加精彩的世界。正是这些年的奔波让他看到了时代的变化，过去觉得这些经历非常痛苦，而现在以及今后一定是感觉到难得，因为这些看起来给他苦难的经历，实际上改变了他，培育了他，成就了他，让他从一个汜水小镇走出来的孩子，成为一个顶天立地的男子汉，成为一个时代青年，成为一个见证风云的学子，这些恰恰正是生活的不安和苦难给予的。现在一切都成了过去，伤口早已经愈合，而留下的伤疤就像功勋章一样，随时会告诉你，你为自己想要的生活付出过的那些努力。比起自己的父亲成时清，成贻宾觉得自己是幸运的，父亲一辈子也是满怀抱负，可是无奈时局不好，他总是不顺利，但是他依旧顽强地生活着，并且和母亲一起将几个孩子都拉扯大了。这就是他们这一代人的成功。然而对成贻宾来说，自己的幸运在于做到了父辈们想要做的事情，走进了名牌大学的教室，成为一个意气风发的人。也许眼前的日子还是有些清苦，但是这些已经不再是困难，而依旧是生活对他们的考验，他觉得这一切都会改变，而且一切都在朝着最美好的方向改变，想到这里，过去的那一幕幕就像是在脑海里放电影一样，清晰而又幸福。

他摸着自己新领到的校徽，感觉到无比的自豪和兴奋。中央大学的校徽图案正中央的牌楼门，是南京四牌楼 2 号学校雄伟的大门。从大门向里望去，是一座圆顶的大礼堂，含义为全国最高学府，孕育人才的象征。礼堂两边是城墙垛子，表示中央大学是建在六朝古都石头城内。校徽下端有数行水纹，表示学校设在长江之滨，历史源远流长，可上溯到吴景帝时之国学与晋元帝时之太学，为国家的最高学府；南朝宋文帝时建立文、史、儒、玄四学，谢元、何承天、雷次宗、何尚之分别领衔；宋明帝时合为总明观，设五科，已是多学科的综合大学。

在家里，成贻宾考上大学的喜讯，使日子过得也比以前欢乐起来。严相清整天为他们忙里忙外。她经常去看看彭毓芬，她甚至想早点让他们结婚。不过孩子们的心思还是在学业上，他们想着更好的未来。严相清并不是思想老套，她是觉得过去颠沛流离的日子早就该结束了。这一辈子和成时清在外面漂泊，虽然没有悔恨过，但是其中的辛苦也是吃够了。她也和自己的婆婆一样，想把自己手上的任务都完成了，这样自己就像是儿子实现上学的梦想一样，也能够圆梦了。她的梦想就是这个家能够更加有奔头，倒不是说有多少的钱，而是什么事情都顺心，大家的身体都好，吃饭不愁，能够风雨同舟地守在一起，这就是严相清的梦想。过去的大小姐现在想起生活的事情如此地实际，成时清知道并不是自己的妻子变化了，而是她为了家付出了自己的妥协。但是这种妥协是高贵的，也是值得成家人感恩戴德的。严相清想着孩子们早点成家立业，自己也好回老家去休息休息，最重要的是自己的父亲已经年近九十，他也应该过点好日子了。这些年自己在外漂泊，老父亲就一个人守在汜水镇上，婆婆也是一个坚强的人，这些年的苦难什么也没有说过，就连当年貌美如花地来到他们家的刘二姐，现在也是没有太多气力的老人了。人老了就想回家，这是一定的事情，现在严相清也有了这种想法，她觉得自己和丈夫也应该可以歇歇了。他们想着在有生之年能够守着一点田地，不要再读书，也不要再赚钱，就种点蔬菜，养点家禽，过那种鸡犬相闻的生活。除此他们没有任何的奢望，因为他们曾经有的梦想早就被这个混乱的时代打破了，而他们也并不愤恨，因为他们的梦想在自己的孩子身上实现了，这就是最大的幸福——生活还是公平的，没有让他们走投无路，终究是没有负他们。

现在的成贻宾正是意气风发的时候，他想的一切都是进步，都是走向更好的未来。他入学没有几天就先学会了中央大学的校歌，并且时常激情四溢地唱起来：

> 维襟江而枕海兮，金陵宅其中。
> 陟升皇以临睨兮，此实为天府之雄。
> 焕哉郁郁兮，文所钟。
> 宏哉黉舍兮，甲于南东。
> 干戈永戢，弦诵斯崇。
> 百年树人，郁郁葱葱。
> 广博易良兮，吴之风。
> 以此为教兮，四方来同。

这首校歌非常昂扬，含义也非常深刻。地理上，黄河与长江是孕育中华文明的两条脐带；历史上，北京与南京是中国南北两大古都；文学上，《诗经》与《楚辞》是中国古典文学南北双璧；学术上，北京的北大，南京的中大，是学界南北两大重镇。而《楚辞》首创者屈原，是中国第一位大诗人，其忠君爱国精神千古不死，影响着一代代学优则仕的读书人；涅而不缁的皎洁人品，引领着一批批不随波逐流的知识分子；他浪漫弘博富艳的诗人文采，更滋养着一个个怀抱梦想的文学心灵；于是，基于历史人文蕴蓄下的自然，中大教授汪东先生，采用《楚辞》骚体诗的形式，以朗正飞扬的诗韵，写出了中大的校歌。因此，这样的文学体式本身便是一种宣示：是对自身醇厚文化与特质的自觉；是对作育高风亮节人才风骨的期许；是对优美文化传统承先启后的坚持；当然毋宁也是知识分子忠爱国家民族天性的自然流露。

中央大学爱国的壮举是有名气的。早在成贻宾在模范中学的时候，他与同学们一起参与那场著名的禁毒运动的时候，他就知道这所学校爱国精神之强烈、斗争精神之坚决，那是引领一时风气的。著名的胡小石教授，也是成贻宾最仰慕的一位，他的事迹也经常听说，如今能成为这所学校的学生，也是非常幸运了。就在几个月之前的5月份，中央大学爱国学生率先发起“反内战、反饥饿、反迫害”的斗争。胡小石同情和支持进步学生的爱国运动。他的研究生刘溶池是“全国研究生联谊会”的领导成员，胡小石提醒青年学生要注意策略，通过记者招待会等形式吁请社会舆论支持。国民党当局残酷镇压学生运动，酿成“五二〇”惨案后，胡小石又与其他中大进步教授一起，公开发表宣言，抗议当局之措置，营救被捕青年学生。这位教授的脾气是有名气的，特别是“九一八”事变后，胡小石目睹外患日深、民不聊生，常有愤世嫉俗之语。他曾在《杂诗》中怒斥“狐狸亦当道，安问豺与狼?”并感叹“万哀天地夜，阖眼倘我存”。1939年胡小石一度兼任云南大学文学院院长，在昆明期间与楚图南等人过从甚密，还结识了思想进步的工商企业家郑一齐，郑一齐赠送胡小石一批进步书籍。1940 年 1 月，胡小石离开昆明回重庆中央大学，途中遭特务搜查，郑一齐所赠进步书刊被悉数没收，胡小石也被列入特务监控的黑名单之中。1946 年，国民党为蒋介石六十寿辰祝寿，朝野各色人等竞相效忠，或撰颂词，或献九鼎。当时有一“民意机构”派人与胡小石商洽，许以重金酬谢，请他为蒋介石六十寿辰书写寿文。此举一举两得，其一因为胡小石已是民国最高学府中央大学最负盛名的学者之一（系部聘教授），且金石书画、诗词曲赋无所不通；其二是因为胡小石无党无派，与政治素无因缘。请他写寿文，既有文气，又具“民意”。然而当来人刚刚说明来意，胡小石即一口回绝。来人情急之下，脱口反问：“前时美军将领史迪威逝世，那次公祭典礼上的祭文，不是由先生写作的吗？”胡小石当即回答：“史迪威将军来中国帮助我们抗战，所以我才为他写祭文。再说，我只会给死人写祭文，不会替活人写寿文。”来人闻之变色，悻悻而去。

有这样的先生的学校，对于成贻宾来说内心是充满着力量的，作为一个年轻人，他从小与父母一起走南闯北，看惯了这世道的炎凉，也看透了时代的荒唐，更多的是看到麻木不仁的同胞对于国家之事不闻不问的冷漠态度。所以，他经常内心就会燃起激动的火焰，恨不得用自己的愤怒来燃烧这个时代，虽然他知道自己的能力是有限的，可是他总是这样想：如果每一个青年都团结起来，都有拳拳爱国之心，那这个时代必然是充满希望的；可是相反，如果每一个人对于国家的危亡都不闻不问，那只能是永远地沉沦于水深火热之中，孩提不懂事老人已经无力，如果年轻人也不站出来为这个时代、为这个民族、为自己的国家振臂一呼，这个时代确实是没有什么希望可言的。

现在好了，他现在进入了大学，可以学一身的本事，以后可以有报效祖国的能力了。对于自己的政见，成贻宾也有自己的想法，他觉得一个年轻人不能够完全不去了解和参与这个国家的政治生活，但是在此之前最重要的确是学好实实在在的本事，能够以自己微薄的力量为这个国家的新生添砖加瓦。他不赞成那种毫无目的或者说是盲目的爱国，这样只会将形势弄得更加糟糕。只有搞清楚了状况，并且有自己实际的能力，才能够有参加改变这个国家的真正机会。他对于时事是充满着激情的，对于那些走上街头的学长们的行为，他也是积极支持的，如果需要他，他必然是第一个站出来，以前在模范中学时候，他就是个积极分子。哪怕是在宝应，他也没有因为是在乡下而忘记和同学们一起去为了心中的力量而奔波，那时候组织演讲和游行，虽然是在苏北小城，但是他觉得一个人要是爱国的话，不是在于他身在什么阶层和位置，而是真正地有一颗热切的心。那时候他是各种演讲的带头人，他的思想也是最为先进的，这得益于他和父母经常在外面见过许多世面，更重要的是他从父亲以及自己的哥哥那里学来的一种知识分子的正义感和使命感。他们觉得自己虽然是一介书生，好像并没有什么实际的力量，不能像军人一样保家卫国，但是他们同样也是有一颗爱国之心的，那就是他们在为改变目前的糟糕状态去呼吁，去引导更多的人去参与这个火热的世界。这也是一种爱国的方式，这对于人心的向背是有着巨大的作用的。

现在，时局虽然还在动荡，但是似乎已经让人看出了一点眉目，国民政府的形势已经是岌岌可危，南京的局面几乎经常是动荡的，这一点他们身在南京是非常清楚的。即便是坊间市民的议论好像也不是特别看好国民党政府的命运，虽然经常掩面说是莫谈国事——其实道理是非常简单的，如果是好事，有什么不好谈的？正是因为国家情况堪忧，所以大家才说不谈，其实正是这种不谈才真正是看出了问题的玄机之所在。

所以现在对于成贻宾来说，最大的愿望是先好好学习知识，这样以后不管政局如何变化，自己总是有一技之长而不怕没有立锥之地。他的这种想法并不是“骑墙”，而完全是切合实际的，也是一种成熟的心态。虽然国家的形势让人看了非常地不安，有时候看到国民政府的所作所为简直令人怒火中烧，但是一切依旧在动荡之中，一个人的力量甚至是一个城市的力量也是微乎其微的，这个时候做好自己本职的工作也许是最重要的。

进入机电专业之后，成贻宾怀着改造社会、建设祖国、报效国家的壮志如饥似渴地勤奋攻读。他热爱所学专业，从中外书刊里看到美国人开发田纳西河资源的 TVA（Tennessee Valley Authority 田纳西河流域管理局）激动地对彭毓芬说："中国将来会有自己的 YVA（Yangtze Valley Authority 长江流域管理局）。"彭毓芬知道他的性格，他绝对不是就这么简单说说的，只要是他认为有意义的事情，他都是要去好好研究一番的。那时候好多人对于美国人开发田纳西的事情还知之甚少，而他已经开始搜集资料并开始了细致的研究，以希望能够对于开发长江资源有所参考。田纳西流域的开发始于 20 世纪 30 年代。当时的美国正发生严重的经济危机，新任美国总统罗斯福为摆脱经济危机的困境，决定实施新政。新政为扩大内需开展的公共基础设施建设，推动了美国历史上大规模的流域开发，田纳西流域被当作一个试点，即试图通过一种新的独特的管理模式，对其流域内的自然资源进行综合开发，达到振兴和发展区域经济的目的。此时的田纳西流域由于长期缺乏治理，森林遭破坏，水土流失严重，经常暴雨成灾，洪水为患，是美国最贫穷落后的地区之一。为了对田纳西河流域内的自然资源进行全面的综合开发和管理，1933 年美国国会通过了"田纳西流域管理局法"，成立田纳西流域管理局（简称 TVA）。经过多年的实践，田纳西流域的开发和管理取得了辉煌的成就，从根本上改变了田纳西流域落后的面貌，TVA 的管理也因此成为流域管理的一个独特和成功的范例而为世界所瞩目。流域内降水丰沛，河口平均流量每秒 1800 立方米，但水位随季节变化，冬末春初多暴雨，易造成洪水泛滥，夏季水位较低。而设立田纳西流域管理局，对流域进行综合治理，使其成为一个具有防洪、航运、发电、供水、养鱼、旅游等综合效益的水利网。田纳西河有世界最大灌溉、水电系统之一的水利工程。该河由霍尔斯顿河和佛兰西布罗德河在田纳西州诺克斯维尔东面汇合而成，南南西流至查塔诺加，转向西经坎伯兰高原进入阿拉巴马州东北部，至阿拉巴马—密西西比州界折向北，再经田纳西州，在肯塔基州帕迪尤卡汇入俄亥俄河。TVA成立之初的宗旨是促进地区发展和繁荣，多年的实践表明，TVA实现了这一目标。

成贻宾认为美国人能够做到的，中国人一定也能够做到。美国人富有创造精神，虽然他们的历史不长，但是因为没有过多的包袱反而是后发先至，这也给成贻宾带来很多的思考。一个国家的发展，人的思想状态非常地重要。也许有良好的传统和丰厚的文化是非常重要，但是如果一味地沉迷这种所谓的传统优势，而不知道图变求新的话，就很难取得进步。他经常和同学们说：过去我们发明了指南针，发明了火药，这些都是我们的骄傲，后来这些东西被西方人掌握了，他们用我们发明的指南针找到了我们这个古老的国家，并且用我们的发明打开了我们自己的大门。所以说，想要进步而不挨打的话，就必须要习惯于学习，就要学习别人的长处，并且利用别人的长处，这样才能够实现发展。现在的世界早就是联系在一起的了，不再像过去能够关上大门而不问世界，过去一片船板也不让下水，可是这几十年你不去国外，外国人却联合起来骚扰你，所以想要闭关锁国是混蛋的想法。他与同学们说的这些，让他们以为这个有着苏北口音的人抱负太远大了，一个机电系的一年级学生竟然想到了要开发扬子江的资源，并且认为要推出什么三峡水利工程——这些话以前从来没有听说过，不过这样不切实际地说话的人他们见多了，对于他的想法大家认为不过是空中楼阁。成贻宾自然也是非常聪明的，他看出了大家的不屑和疑惑，想着一定要找资料来好好研究这个问题，并且写出一篇像样的论文来。就在别人忙着打球游园逛街的时候，成贻宾躲在了图书馆里找资料，站在老师的办公室请教问题。就这样用了大概两个月不到的时间，他的关于中国开发扬子江流域的论文就写好了，当他将这篇文章放在老师和同学们面前的时候，大家才知道这个从苏北来的同学，可不仅仅是长得好看的年轻人，而是一个说到做到的男子汉。他的这篇论文以及写作这篇文章的过程常常被老师们拿出来作为范文和例子，一时这位长得好看的同学成为校园里的明星人物。

在学习之余，成贻宾还积极投入电机系的学生会和班级的集体活动，并且加入了“电社”，这是电机系的一个进步团体。他们不仅仅是在学术上进步，也在思想上进步，这才是最吸引成贻宾的。他们在平时切磋学问的同时，也讨论一些对时事的看法。对于这些事情，成贻宾有很多自己的想法，特别是自己在国民党部门工作的见闻，让他的谈话非常有见解。当然，这些同学都是精英，他们对于时代也是充满着热情，也有着自己的独特见解，所以他们经常在讨论的时候变得激烈起来，有几次几乎到了脸红脖子粗的局面。但是他们并不是无休止地谩骂和争吵，他们真的是在进行讨论，他们是为真理和主义而争辩，所有的讨论即便是不欢而散也不会因此就没有了友谊。相反这些讨论会让他们的友谊更加坚定。有的时候他们的讨论一时间没有办法分胜负高下，就去请胡小石教授评理。胡教授喜欢这些孩子既天真又认真的样子，一个个回答他们的问题，不管是对是错都给予解答，这为这群青年了解世界、懂得进步道理提供了很大的帮助。成贻宾切实地感觉到，在这样进步氛围浓郁的校园里，他呼吸的都是自由和向上的空气，这就是他最向往的生活。

他钦佩进步同学的言行，常说深受其感染，思想发生了大幅度变化，鞭笞国民党政府的腐败，说它是社会黑暗的根源；他把个人前途、国家安危和革命学生的成败紧扣在一起，相信他们为之奋斗的新社会一定会到来，要以自己的技术和技能无保留地为新社会服务。这些话在他来学校之初是很少想到的，对于当下的政府和时局他那时候还没有那么多的能力去思考，而在与同学们的交往之中，他切实地感觉到自己的变化。这种变化让他觉得又紧张又兴奋，他感觉自己思想里有一种特别的力量在产生，让他觉得一切好像都蓬勃而充满力量。他把这些写信告诉彭毓芬，虽然他们同在一个城市，但是两个人之间的书信来往还是没有中断，因为他们之间浓浓的爱意，对爱人的倾诉也许通过情书的方式表达更加浪漫。所以即便他们经常可以见面，但是总忘不了写一封信，有时候甚至把写好的信亲手交给对方，回去之后再好好地读——有些话写在纸上也许更加温馨，说在嘴上反而会让人觉得俗气，他们不想将这份珍贵的感情掺杂丝毫的俗气，不想因为现实而影响了他们的浪漫。这是彭毓芬最喜欢成贻宾的地方，他总是那么地热烈而细心，他的爱让她沉湎其中，感觉到这是世界上最大的幸福。她一点都不害怕会被爱淹没，她也许最喜欢沉醉在这样的氛围里。

成贻宾告诉彭毓芬，他对于世界的看法又发生了变化，他觉得现在一个新的世界就要到来了，这是年轻人的希望，是这个国家的希望，这个世界将打破过去的黑暗，将成为每一个人都平等自由幸福的时代，这个新世界里人们没有阶级，大家都一样地劳动，都一样地生活，都是自己的主人，没有任何的压迫。他觉得自己要为这个时代的到来做一点事情，这样以后自己就会很骄傲地生活在未来的新世界。他觉得自己说的并不是什么梦话，因为他似乎听到了那激越的新时代鼓点已经敲打起来，而他耳边和心里都是那种让人振奋的声音，这就像是自己学校的“校呼”一样令人振奋，他觉得总有一天他要见证这个新时代的到来。

他在读书报告中写道：“人生的理想何在？人生的理想即在为社会服务。”

这时候成贻宾的二哥成贻奂离开了大陆，去到台湾花莲中学任教，刚去了几个月，成贻宾一连几封信催二哥返回大陆。成贻宾知道自己的哥哥有他们的想法，但是他却切实地感受到这个时代在发生着改变，他希望他们早点回来，在一切变化之前回到大陆来。他们已经感受到国民党在大陆的统治行将崩溃，正加紧在台湾构筑反共基地，国共可能隔海对峙。成贻宾他们对当前国民党的时局并不乐观，而他们对于共产党的形势倒是早就刮目相看了。成贻宾在宝应的时候，接触过共产党的军队，对于这支纪律严明、为人民服务的军队，他有着很多的感悟。他把这些讲给同学们听，讲他们虽然装备不好但是精神非常地振奋，打起仗来的劲头令人钦佩。他们就像是自己的邻居一样亲切，从来没有那种所谓的威严，他们似乎才是老百姓的自己人。现在的政府他也是知道一些的，看起来庄严肃穆，其实是一片狼藉，贪污腐败让政府已经是徒有其表，内部的混乱已经是显然的事情。他们强撑着的危局其实随时都有可能垮台，他们的困境已经是蒋介石头上的虱子——那是明摆着的事情了。所以这个时候，成贻宾写信让哥哥们回来，是为他们的处境考虑，也是信心满满地觉得一个新时代就要到来了。

这个时候在中央大学的成贻宾，一边忙于自己的学业，一边还关心着彭毓芬的学习，通信之外更多的是见面，都在督促和帮助她的学习。他希望彭毓芬能继续深造，能够学习更多的知识和本领，能够通过自己的努力改变一切。他知道彭毓芬的英文和数、理、化等学科较差，就利用星期天到她学校给她补课。大家大概都知道这人是她的未婚夫，彭毓芬总是觉得有人看着她，怕被同学们笑话议论，就让他在校门外等候，甚至雨天也这样，他理解彭毓芬的心情从不抱怨。没有地方补课，他们就到五台山小学的教室，或在山坡上进行。有时，彭毓芬实在安不下心来听他讲解，他就耐心地劝说，就像一个老师一样。成贻宾帮着她提高自己的成绩，彭毓芬也喜欢这种被呵护的感觉，虽然自己本来比他大两岁，但是她就喜欢他这种呵护的感觉。而成贻宾真正做到了一个男子汉应该对未婚妻做的，他们不仅是甜蜜的爱侣，还是学习上的师生，彭毓芬非常享受这种美好。她为自己感到庆幸，如果不是成贻宾出现在她的生命里，她现在一定是个有着孩子的乡下妇人，哪里会学到这么多的知识，又哪里能来大城市里上大学，过一个令人羡慕的知识分子的生活呢?

成贻宾帮着补课的过程中，也非常注重方法，教书的事情是父亲的生计，他平时也学了不少方法记在心里，可以说那是祖传的本领了。有些理化科目的学习内容比较枯燥难记，成贻宾想方设法让她记住。在补化学时，他把原子价相同的元素编成一句顺口溜：“锌镁钢铁是正二价。”并利用谐音说，“新的美的钢铁盖子是正二价。”这些总是让彭毓芬觉得很有趣，有时候看着他认真的样子不禁笑起来，他抓着彭毓芬的手，让她感觉到自己手臂的力量，两颗年轻的心灵就这么紧紧地贴在了一起。也许正是学习，让他们的生活更加充满了能量。他们没有像那些普通情侣一样，只知道享受青春年华；他们在一起，为了甜蜜的爱情，也为了共同的进步，这就让他们的生活非常地充实。

有时讲解告一段落，有些累了或者枯燥了，成贻宾就挺胸、昂首、举双臂，热情奔放地口诵古今诗家词人赞美南京的诗词：

江南佳丽地，金陵帝王州。
逶迤带绿水，迢递起朱楼。
飞甍夹驰道，垂杨荫御沟。
凝笳翼高盖，叠鼓送华辀。
献纳云台表，功名良可收。

他朗诵了这些，充满着爱恋地看着彭毓芬，她也深情地看着他，并且会温柔地在他的面颊亲上一下，然后红着脸又坐回到山坡的地上去。大概是为了掩饰自己的害羞，彭毓芬也念起关于这座城市的诗词来，这就像是古人对诗一样有趣，她念的是：

凤凰台上凤凰游，凤去台空江自流。
吴宫花草埋幽径，晋代衣冠成古丘。
三山半落青天外，二水中分白鹭洲。
总为浮云能蔽日，长安不见使人愁。

就这样一对恋人执手相依，他们在两个人的世界里相互搀扶着，共同进步着，他们还做了自己的规划：等毕业了之后，彭毓芬先工作积累一点基础，等到成贻宾也毕业的时候，他们一起去南方的城市生活，去过更加美好的生活。彭毓芬知道这并不是什么梦想，自己一个乡下的丫头能够到南京来，并且和自己的爱人在一起，这在几年前大概是不可想象的事情，但是他们不就是用自己的坚持与努力让这一切都梦想成真了吗？现在他们的生活虽然清苦，但总算是甜蜜和浪漫的，今后的一切都会美好起来的——只要有他在，一切都是会美好起来的。

对于彭毓芬的关心，成贻宾真是尽心尽力。因为她的手有皮肤病，洗衣就裂口，成贻宾就让她把衣服送到学校洗衣房去洗。彭毓芬不愿意浪费钱，他就自己拿了送去洗好了帮她再拿回来。其实，成贻宾生活的费用本来就紧张，哪里有这些钱去洗衣服。但是他又舍不得彭毓芬的手开裂，于是便假说是送到了洗衣房，其实都是成贻宾自己给她洗的——那是后来彭毓芬在他的日记中看到的，让她感动得热泪盈眶。

这时候的日子确实比较辛苦，成贻宾就写信给二哥成贻奂求助。他并不是与二哥要钱，而是和他借，借来的钱一部分给父亲家用，一部分是自己和彭毓芬上学的开支，这样的话每一个月他都会写信给二哥汇报自己钱的用度，也让他知道了生活的不容易。哥哥们对于成贻宾也是倾囊相助，毕竟他是家里最小的孩子，彭毓芬又是成家未来的媳妇，没有道理不帮助他们的生活。成贻宾知道这些钱也都是来得不容易的，省吃俭用的同时更是抓紧时间学习，他知道唯一回报家人的方法就是最优异的成绩，也许以后家里人未必就要他还钱，但是这些血汗钱如果没有换来他的好前程，那真正是可惜了。成贻宾心里明白这一切，对自己的要求也非常严格，对于彭毓芬除了温柔的关爱之外，对她的学习也是非常上心，有时候几乎是到了严格的程度。彭毓芬心里也明白，未婚夫所做的一切都是为了他们的未来，这样一想他在学习上对她的督促甚至是严格，就让她觉得心里分外温暖。

到了 1948 年秋，彭毓芬的学业进入最后一年，成贻宾学习也很紧张，好些日子不见面的他们依旧会通信。成贻宾依然会和她谈到他们的未来，对于一切他总是那么地乐观，对于彭毓芬他也总是无微不至地关心和帮助。

芬妹：

由于这段时间学习比较紧张，没有时间给你写信，心中很是想念。今天主要和你谈谈学习方面的问题。

今年是你在学校学习最后一年，应当努力把握住它，努力充实自己！我们现在应当抓紧时间学习，等将来学成以后在民主时代时，唯有集体力量才能成功。将来有一天，全国的婴儿诞生了，便送到国家办的托儿所去，他们的母亲照常能安心工作、种地、教书。孩子们有最好的营养，科学的设备，有专门的教师教他们如何用正确的姿势走路、发音，直到进入幼稚园。幼稚园的年限要延长，教育要求更高，然后幸福而快乐地进小学、中学、大学。他们将来都是伟大的科学家、工程师、教育家、政治家……保持着小时所受教育的优良传统，把这个世界变得像天堂。这不是梦想，这是可以实现的伟大计划，别的国家已经部分地实现了。

你的目标是什么呢？——发展中国的幼儿教育，设立普遍的幼稚园和托儿所，使之成为一个进步社会的必要条件和基础，让我们的伟大的第二代不再受到苦难，愉快而健康地生长。

我的目标是什么呢？——发展中国的电力工业，设立普遍的发电厂和电力网，使得工业能电气化，再农业机械化，利用自然的资源提交人们的生活水准，从根本上除去贫穷和战争的因素。

无论如何，事业是艰苦的，而事业又需要较深而广博的学问。我们要尽量地求学，最好当然能在学校里按部就班地学习，好进大学，再出国。我毕业即出国，不要顾虑到年龄的问题，平凡的年轻，这不及成功的年老，而且一个人青春又值几何呢？又能保持好久呢？爱与工作会保持我们的青春的。

为了要进大学，你必得注意英文、数学和理化。这些科目，你的根基都不大好,而且在两年半里又没有学到多好,马上学习起来就要从根本学起,不要以为老学那些浅近的干什么?要知道学高深的大的难题是欲速而不达的。我的回答是把握住一分一秒的时间。我们再不浪费宝贵时间了。

毕业是一个问题,不知道能否顺利毕业,毕业后服务年限倒不用心焦,也许换了一个新的局面,制度又更换,只是要你的学问!学问!

你别怕,你是聪明的!并不是瞎恭维,几年来的事实可以证明,只要有安定的环境,你是关于用功的,努力的,我的亲爱的。

对于你的学业课程,我是门外汉,但是对于学习的方法和态度,我却想愿做你的顾问和参考。

学校里所要学的,都是基本知识,你必须能全部理解,然后才能以之为一种工具,去进一步研究。

书是知识的源泉,我们读的书真太少了,我们将要购买很多的书籍,关于自己专门的书,还要搜购本行的杂志,要成套的。

也许经济不可能,也许我们不知道买些什么书,那么图书馆是我们的家产。我想你还不太利用图书馆,这要学习,还有逛旧书摊和新书店也必须。真的买不起,走马看花也可能得到一个大概。

以上就是我和你谈的学习方面问题,希望你能切切加以注意。

此祝

学习进步!

贻宾

1948年9月21日

他在信里说:“今年是最后一年,应当努力把握住它,努力充实自己!……在民主时代里(暗示中国共产党带领人民获得解放后),唯有集体的力量才能成功。”他引导她憧憬未来,说,“有一天,全国的婴儿诞生了,便送到国家办的托儿所去,他们的母亲照常能安心工作、种地、教书。孩子们有最好的营养,科学的设备,有专门的教师教他们如何用正确的姿势走路、发音，直到进入幼儿园。幼儿园的年限要延长，教育要求更高，然后幸福而快乐地进小学、中学、大学。他们将来都是伟大的科学家、工程师、教育家、政治家……保持着小时候所受教育的优良传统，把这个世界变得像天堂。这不是梦想，这是可以实现的伟大计划，别的国家（指苏联）已经部分地实现了。”他鼓励彭毓分，“你的目标是什么呢？发展中国的幼儿教育，普遍地设立幼儿园和托儿所，使之成为一个进步社会必要的条件和基础，让我们的第二代不再受到困难，愉快而健康地成长！”这些话充满了对未来的憧憬，也充满了他对未婚妻的希望，他似乎已经明白地看到一个伟大的时代已经快要到来了，而他们正在策马扬鞭往前赶去，这一对人生路上的好伴侣真是令人羡慕。

而成贻宾这时候的思想，依旧在随着时代的发展而变化，这个变化彭毓芬也能够明显地感觉到。如果说过去在宝应上学的时候，成贻宾对于世界的认识只不过是凭着热情而有些稚嫩，那么他到南京之后应该说见到了更加宽阔的世界，而能够参加大中学生组织的禁毒运动，也让他明白了前进的路上是有斗争的，既然是有斗争自己首先就要变得强大。然而后来回到了宝应的那一段日子，他看到了日军的罪行，看到了国民党的嘴脸，也看到了共产党部队给他们带来的希望，这种希望现在变得越来越清晰，他似乎听到了江北隆隆的炮声，总统府所在的城市已经是岌岌可危了。本来进入大学后他觉得要强大自己首先要掌握属于自己的知识和能力，后来他又逐渐地认识到思想对于一个青年的重要性，特别是一个年轻人所要有的责任感，也就是对这个社会的担当。他耳闻目睹了许多年轻人在为这个社会的改变而做出的努力，甚至很多人倒在了坏人的枪口下。不过正是他们倒下的身躯让中国人站起来了，他们付出的代价是为了更多的人能站起来。

现在成贻宾觉得这样的人更加值得自己学习。

成贻宾喜欢读文艺书刊，从一些优秀的文学作品里吮吸养分，培育自己的道德情操。在这些看似虚构的书里面，他能够找到自己的想要的精神力量。他觉得自己虽然是一个工科生，学习的内容看似没有什么精神可言，可是他又时常告诉自己，一个人怎么能没有精神呢。他读书不仅仅是为了知识和技术，更多的是为了自己有强大的精神。这大概也与成时清早时候的教育有很大的关系。作为一个学新知识的人，虽然成时清在乡下也是教大家一些书本上的知识，但是他与生俱来的精神状态也是非常特别的。他读书不会为之拘泥，而是真正地做一个明理的读书人，即便是在国民党政府的机关里工作，他也时常地告诫自己要守住自己的底线。不能说真话的时候，至少自己也不去说假话，自己的内心总有一个原则，那就是自己是一个有自由思想独立人格的读书人。成时清虽然身体上有些残疾，但是在精神上还是强大的，这一点也成为成贻宾的榜样。所以成贻宾读书，也经常读一些可以振奋人心的书籍，用它们来改变自己的精神状态，或者去那些书本的世界里去寻找到达那个新世界的途径。现在似乎还不能在生活里说一切都会改变，但是在他们的内心，这天迟早会来到，或者说已经有步骤地向着自己走来。而这个时候，他们还有要做的事情——不仅是要寻找新世界，还要寻找新的自我，来迎接一个将要到来的新时代。如果自己的一切还是陈旧的，那么这个时代到来的时候，自己还是不能合拍，自己也就无法为之奉献和奋斗。所以，他在平时读文艺书籍的时候，尤其要看那些人物怎么去面对和改变这个世界。南京还是有些自由的空气的，毕竟读书还不会被禁止，而且各样先进的思想根本就无法被阻挡，它们像是江风一样扑面而来，让人觉得心旷神怡，内心充满了力量。

有时，成贻宾还以书中人物为镜对照自己，从而拨正生活的航向。1949 年初，他读完苏联奥斯特洛夫斯基著的《钢铁是怎样炼成的》。他知道了主人公保尔·柯察金，童年过的是最底层的苦难生活；年轻的保尔为拯救陷入敌手的老布尔什维克朱赫来而遭逮捕，在狱中表现得坚贞不屈；出狱后参军，在柯托夫斯基骑兵旅和布琼尼骑兵团中转战疆场，浴血奋战；身负重伤后以惊人的忍耐力使医生们深为敬佩；出院后离开了部队，无论是做共青团工作、肃反工作还是参加修筑铁路的艰苦劳动，均表现出了坚持真理和不怕艰险的大无畏精神，并且在爱情问题上也有着严肃的态度和精神境界；残酷的战争、艰苦的劳动、繁重的工作使保尔病倒了，双目失明，全身瘫痪，但他以惊人的毅力从事文学创作，最终获得了成功。通过揭示保尔为了党和人民的事业，敢于战胜任何艰难困苦的刚毅性格，小说形象地告诉青年一代，什么是共产主义理想，如何为共产主义理想去努力奋斗。革命战士应当有一个什么样的人生，这是小说的主题。保尔在凭吊女战友娃莲的墓地时所说的那段话，就是他的共产主义人生观的自白，也是对小说这一主题的阐发——“人最宝贵的东西是生命，生命属于人只有一次。人的一生应该是这样度过的：当他回首往事的时候，他不会因为虚度年华而悔恨，也不会因为碌碌无为而羞耻。这样，在临死的时候，他就能够说：‘我的整个生命和全部精力，都已经献给世界上最壮丽的事业——为人类的解放而斗争。’”

而这一切似乎让成贻宾看到了自己的方向。他突然觉得眼前的路更加清晰，他的人生也更加充满了激情，他也要像小说里的主人公一样去奋斗。这种奋斗就是为了真理而奋斗，哪怕是付出自己的生命，那也是值得的。他在1949年1月2日的日记中写道：“保尔·柯察金这个劳动阶级的小伙子，参加了共青团，和匪帮德国人作过战，为了建设，他在恶劣的气候里挣扎，终于病了。他在病榻上工作，写完了这部伟大的小说，给了我许多启示。……书中171页，一个中学生说：‘抱歉得很，我不懂得究竟要我们干些什么？他们要我们干政治，那么，我们什么时候才会毕业呢？我们必须念完我们学校里的课程……’这正是我们的病根。为了伟大的理想，我立即宣布：向无产阶级投降，准备立即参加伟大的革命，尤其是伟大的建设工作……”

成贻宾通过反复思索，从读书救国的小笼里挣脱出来，并且摒弃了“搭便车”（随革命者进入新社会搞建设）的意念，他看清了，认定了：中国只有解放了，一切才会好起来；只有推翻“三座大山”，建立社会主义制度，中国才有救，他的 YVA 设想才会实现。他决定跃入为争取中国人民的解放而进行的斗争——学生运动中去。

于是，成贻宾决定向无产阶级“投降”，准备立即参加伟大的革命……此时的这个年轻人绝对不是盲目的，他看到了形势的急转直下，他看到了那个虚晃的年代就要入土为安，他也看到了天边有一轮红日在冉冉地升起，这些在他的心里就是最为伟大的力量。也许暂时还没有什么组织能让他找到归宿，但是他已经决心向一个最伟大的革命、一个最伟大的时代奔去。现在，这比上大学更让他感到激越，他觉得自己找到了方向。也许，这也是一种冥冥中的注定——自己刚出生的时候，哥哥就参加革命了，也许是受到了他的影响，最终自己这个“老巴子”也想走上这条光辉的道路。

这条路召唤着他们前进，让这个时代的年轻人热血沸腾。

第六章 奔向新生

南京的局势岌岌可危。

1949 年初，国民党军队接连溃败。行政院下达“国立院校应变计划”，企图强迫中央大学南迁广州或厦门或台湾，遭到中大教授的强烈反对。1 月 21 日，校务会议做出“以不迁校为原则”的决议。1 月 27 日，中大校长、训导长、总务长三人弃职而去；31 日，教授会投票选出以梁希、胡小石、郑集、欧阳翥、张更、蔡翘、刘庆云、吴蕴瑞、楼光来、吴传颐、刘敦桢等十一名委员和李旭旦、张江树、宗白华、钱钟韩等候补委员组成的

“中大校务维持会”，胡小石临危受命，与森林系教授梁希、生物系教授郑集一起被推为常务委员，主持校政。校务维持委员会成立后，即向李宗仁政府提出“撤查校长周鸿经”“拨发应变费及粮食”“释放被捕学生”等三项要求。胡小石与梁希、郑集等多次赴总统府交涉。当时的教育部长陈雪屏亲自出马，一方面在中央饭店宴请校维会成员，再三强调“不派校长，由校维会治校，在大学史上查不出根据”；另一方面，又试图以“出任中大校长”利诱胡小石。胡小石风骨凛凛，严词拒绝，并在全校师生大会上公开表明自己的态度。

此时的中大也是一片混乱。学生们知道这是山雨欲来风满楼，形势每时每刻都在发生激变，而他们除了随时准备站出来应对混乱的情况，一时也是踌躇满志。胡小石知道学生们内心的澎湃，但是他一贯不主张盲目斗争，因为面对那些丧心病狂的军队，这些手无寸铁的年轻人光有满腔的热情是没有任何用处的。在学生中间，如今读书的事情也暂不是第一要务，许多社团都在纷纷地计划着如何应对形势变化。成贻宾作为班上的活跃分子，又是社团的骨干，自然是积极奔走的。他虽然才入校两年，但是参加活动的热情丝毫不比学长们逊色，特别是认识了程履绎之后。程履绎是湖北武汉人，比成贻宾大六岁。他从小喜欢读书，天资聪颖，1941 年考入中央大学物理系，因经济困难而休学一年，后重入中央大学。抗战胜利后，程履绎和全国人民一样欢欣鼓舞，内心渴望和平、民主。在中大学习的日子里，程履绎的政治觉悟迅速提高，认识到青年知识分子应该把自己无私地奉献给祖国，坚决地为人民的伟大事业而奋斗，积极地投身于学校的各项爱国活动。

成贻宾认识了他之后，对于形势的认识就更加深刻，对于青年人身上所该担负的时代责任也有了新的了解。他把程履绎介绍给彭毓芬认识，让她也了解一些革命的形势，结识一些进步的青年。成贻宾这么做是有自己的想法的，最近因为形势吃紧，成时清几次和成贻宾谈到他个人对于革命的态度。父亲并不是一个落后保守的人，但是父亲毕竟是一个父亲，他和严相清对于孩子安危的着想也是情理之中的事情，他们眼看着孩子已经上了大学，如今要是出什么差错，那对于这个家庭来说是天大的事情。他们经常听说哪里的青年人因为游行示威受伤甚至牺牲了，他们不想这些坏消息落到自己的身上。就连大哥成贻典也写信给成贻宾，告诉他革命是需要年轻人的热情和参与的，但是首先要保护好自己的生命，这对于自己、对于家庭以及这个社会都是至关重要的。参加进步活动也不是盲目地拼命，要善于斗争，善于保护自己，否则就会带来无谓的牺牲，毕竟对于年轻人来说，在政治和战争中他们都是最弱势的，他们那些充满激情的奔走有时候抵挡不了冷酷的枪声。

大哥的言传身教对成贻宾很有启发，他知道成贻典当年因为参加进步活动而进监狱的壮举。这件事情当时家里都不知道，直到后来他从监狱回来了，才轻描淡写地说了几句，即使是这样，在成时清的内心还是掀起了波澜。毕竟是自己的孩子，并不是不明大义，而是真正的置身其中者是难以做到泰山崩于前而不改色的。现在这样的形势下，家里人对成贻宾的劝说很多，不过倒也没有影响他自己的想法。成时清知道成贻宾有自己的主意，而且在中央大学的校园里，这种要求进步的积极情绪已经鼓荡在每一个年轻人的心里，可是父母的担忧也不是没有道理。成时清让严相清去找彭毓芬谈——让他的未婚妻去他耳边叮咛几句，也许会更加有效果。彭毓芬也知道长辈们的心思，一切自然也是为了他们好。在彭毓芬的内心，她自然也担心成贻宾出点什么事情，她知道成贻宾的脾气，遇见事情一定是第一个冲在前面，因为他内心的正义感是很强烈的，而大家对于他又推崇备至，什么事情都推举他作为带头人。所以，她也担心要是真遇到什么事情，成贻宾会成为敌人的目标。这其实是一种非常矛盾的心理，她读了这么多年的书，也知道青年人是要追求进步的，可是她知道追求进步充满着各样的危险。虽然说进步是需要代价的，总是需要人牺牲的，可是成贻宾是自己的爱人，对于自己的事情她总是自私的，但是她没有办法不自私。

当然，情况也未必就那么悲观，因为成贻宾和她说这个世界总是向着好的方向去发展的。而且在他们年轻人看来，哪里有那么多的危险和阴暗？自从成贻宾将程履绎他们这些进步青年介绍给彭毓芬认识之后，她好像对于他更加支持了，只是总要叮嘱一句：要注意安全。父母们也知道看得住他的人，管不了他的心，况且自己的孩子又不是做什么坏事，时间长了也只有任他自由行事。

其实，这些年轻人哪里有什么自由可言，哪里又有什么选择可以做？一切的事情都是随着这时局而变化的，成时清这个当年的大少爷也在这变化之中无可奈何。过去家里的好日子不用说了，那时候在氾水镇上有那么多的房屋和田产，就是放到宝应城里看也是数一数二的人家，后来家道中落自己还能够勉强读书——本指望能够凭借读书重新让家道中兴的，哪知道这一路风风雨雨，虽然说自己一个小人物对大局来说是无关紧要的，可是时势却改变了他的命运。以前他意气风发想要干一番事业，能把自己学的知识用在齐家治国平天下上，可是没想到学了一肚子的知识只能回乡下去做老师，做的时间长了学生们也没有了读书的兴致，连教书也不成了。后来奔波各地像是有些出息的样子，其实也就是为了谋生，但凡是要有些办法也不至于东奔西走居无定所，大人小孩都跟着受罪。所以这些年他学会的不是什么生活之道，而就一句话：无可奈何。

日子总是要过的，百姓的日子难过，那是因为政府的日子不好过了。现在国民党当局可以说是内外交困，这些“老爷”们就是热锅上的蚂蚁——团团转。而他们以假和平争取时间的真实面目已经暴露出来。当年元旦，蒋介石不得不假意求和，发表了向中国共产党求和的声明。毛泽东主席代表中国共产党于1949年1月14日发表了著名的时局声明，声明中提出了实现真正和平的八项条件。中国共产党声明：虽然中国人民解放军具有充足的力量和充足的理由，确有把握，在不要很久的时间之内，全部地消灭国民党政府的残余军事力量；但是，为了迅速结束战争，实现真正的和平，减少人民的痛苦，中国共产党愿意和蒋介石南京国民党政府及其他任何国民党地方政府和军事集团，在下列条件的基础上进行和平谈判。这些条件是：惩办战争罪犯；废除伪宪法；废除伪法统；依据民主原则改编一切反动军队；没收官僚资本；改革土地制度；废除卖国条约；召开没有反动分子参加的政治协商会议，成立民主联合政府，接收南京国民党政府及所属各级政府的一切权力。

毛泽东主席代表中国共产党发表的时局声明，获得了全国人民及各民主党派的一致赞同和拥护。已经到达解放区的各民主党派、各人民团体代表人物及其他民主人士李济深、沈钧儒、马叙伦、郭沫若等五十五人，于1月22日联合发表声明，表示坚决拥护毛泽东主席的八项和平条件，反对国民党蒋介石的假和平阴谋。以毛泽东为首的中央军委，已和蒋介石打了多年交道，对蒋介石的缓兵之计已洞烛其奸，他们决心将革命进行到底。一方面以极大的耐心同国民党举行谈判，争取和平渡江，和平解放全中国；另一方面，命令第二、第三野战军，在由刘伯承、陈毅、邓小平、粟裕、谭震林组成的淮海战役总前委继续领导下，准备发起渡江战役，夺取国民党政府政治、经济中心南京和上海等广大地区，并随时准备对付帝国主义可能的武装干涉。同时，还决定以第四野战第十二兵团部率两个军共十二万人组成先遣兵团，攻取信阳，威胁武汉，牵制白崇禧集团，配合第二野战军渡江作战。总前委根据中央军委总的意图，于1949年3月31日制订了《京沪杭战役实施纲要》，决定组成东、中、西三个突击集团，采取宽正面、有重点的多路突击的战略实施渡江作战。

国民党当局在内外交困的形势下，仍企图以“和谈”争取时间扭转败局。南京人民特别是以青年学生为主体的各大学认识到了其真面目，以中央大学为核心的青年学生们掀起了一场“争取真和平、反对假和平”运动。青年学生运动就像是澎湃的浪潮，搅动了大江南北的形势，风云变幻的时局这时候也成为在青年人胸腔之中鼓动的风潮。成贻宾这些进步学子，这时候更加心潮澎湃，他们觉得这个时候正是他们应该振臂一呼的时候。在学校社团开会的时候，大家轮流上台演讲，表达自己为了美好未来而奋斗的决心。成贻宾更是以自己这些年来辗转各处的见闻，和自己对未来社会的憧憬，代表大家说出了年轻人期盼着新时代到来的决心。旧的时代真的要打破了，因为这些年来陈旧与沉重的气息实在是让人无法透气，不要说那些困苦的黎民百姓，就是身在大城市的看似体面的人们，也清楚这个时代的荒唐与无奈。不管是列强的纷争还是内战的辛酸，这个古老的国度已经经历了太多的沧桑与苦难，不能再承受战争与动乱的折腾了。现在，他们似乎已经看到了新生的希望，看到了朝阳升起前的万丈光芒，这个时候他们要呼喊，他们要举起双臂，他们要向前奔跑，去迎接一个伟大时代的到来。青年人应该成为一个时代进步的主力军，他们充满着活力，充满着激情，充满着斗志，都说美好的未来是他们的，而如今眼前的一切也期待着他们去改变与创造。这是他们自发的斗志，是他们对国家和民族的责任，是他们不负青春的誓言。他们为自己身在这个时代感到骄傲，他们可以见证这个伟大时代的变革，并且亲身为这种变革做出自己的贡献和努力，也许没有什么比这一点更加能够召唤人，没有什么机会比这个更让人跃跃欲试，因为这是他们自己创造的时代，是属于他们自己的时代。心有青云志，不负云和月。在这帮年轻人的心里，有着对国家和民族未来的责任和希望，这是最令大家感到欣慰的，这也是让胡小石这群教授感到振奋的。总是有人说这个国家看来是没有希望了，这不过是一种悲观的论调，这个国家其实充满了希望，充满了激情，也充满了斗志——看看那些热血的年轻人，你就能够明白，什么是胸怀大志，什么是义无反顾，什么又是中国人的精神。也正是因为看到了这种希望，所以一切都不会太晚，美好的未来正在如约而至。学校为了支持青年们的运动，也为了在国家危难的时候拿出学人的立场和风采，对于青年组织的运动都非常支持，支持他们在保证安全的情况下开展活动，为砸烂旧世界、迎接新曙光做出年轻人的努力。学校也积极地组织他们发起活动，引导他们合理有序地开展运动。

3 月 27 日前后，中共南京市委学委大专分党委研究决定，3 月 29 日举行全市大专军学校学生纪念青年节大团结晚会，以促进全市护校、“应变”“争生存”群众运动的发展。定这个日子很有些特别——中华民国的青年节便是 3 月 29 日。民国成立前一年即 1911 年（宣统三年）是辛亥年，农历三月二十九日，黄兴率领革命党人在广州起义，攻打两广总督衙门。由于众寡悬殊，结果失败，黄兴受伤，仅为身免，当天殉难的革命志士，据查有七十二人。中华民国成立后，定阳历 3 月 29 日为革命先烈纪念日。民国八年（1919 年），林森等修烈士墓，陆续求访得殉难烈士的姓名、籍贯，勒碑牌纪念。因所葬的地点为广州红花岗，后改名为黄花岗，所以史称“黄花岗七十二烈士”。民国三十二年（1943 年），政府有感于殉难的七十二烈士都是青年人，他们为了救国家、救民族、救同胞而奋不顾身，视死如归，他们这种甘于奉献、勇于牺牲的伟大情操，值得全国青年效法。为了策励青年，特别明令定 3 月 29 日这一天为青年节。因为有黄花岗七十二烈士的壮烈牺牲，震撼了全国人心，然后才有武昌起义和辛亥革命的成功，也才有中华民国的诞生。

民国几十年时间，青年一直是革命队伍中的活跃力量，1919 年的青年运动最是影响深远。5 月 4 日“五四”爱国运动爆发。第一次世界大战战胜国英、美、法、日等，在巴黎召开“和平”会议（简称“巴黎和会”），不顾中国提出收回山东主权、废除“二十一条”等要求，而决定让日本继承德国在山东的特权。北洋军阀政府竟然准备妥协，同意在“和约”上签字。消息传来，北京青年学生无比愤慨，举行了三千余人的游行示威，高呼“外争国权，内惩国贼”等口号，反对“巴黎和会”的决定，要求北洋军阀政府拒签“和约”，惩办亲日派卖国官员。但卖国政府却逮捕爱国学生，进行镇压，这就更加激起了全国人民的愤怒，学生的爱国斗争得到全国热烈的响应和声援。6月3日至28日，“五四”运动发展到了一个新的阶段。从此不但有学生，而且有广大工人阶级、小资产阶级、民族资产阶级参加，成了全国规模的革命运动。工人大罢工和学生罢课、商人罢市的“三罢”斗争很快影响全国。工人阶级成了运动的主力军，显示了自己的力量。卖国政府在全国性的“三罢”斗争面前吓慌了，被迫释放被捕学生，撤换卖国贼曹汝霖、章宗祥、陆宗舆的职务，并拒绝在“巴黎和约”上签字，“五四”运动终于取得了重大胜利。它是辛亥革命不曾有过的彻底的不妥协的反帝反封建的革命运动，是中国新民主主义革命和中国青年运动的伟大开端。

而不管时代如何发展，政局如何动荡，到了1949年国民党政府统治已经到了风雨飘摇的时候，青年依旧是最为活跃的力量，中国共产党领导的青年运动更是进一步得到加强。是年的1月1日，中共中央正式公布了《关于建立中国新民主主义青年团的决议》和团章草案。3月1日中华全国学生第十四次全国代表大会在北京召开，到会代表两百零七人，代表着一百多万大中学生。会议通过了《中国学生运动的当前任务》的决议，要求全国学生在新民主主义的教育下加强学习，培养自己成为建设新民主主义国家的有用人才。在大会通过的《中华全国学生联合会章程》中规定，学生联合会宗旨为团结全国同学，谋取同学福利，树立为人民服务的思想，提高文化科学知识，培养自己成为新民主主义国家的有用人才，与全国人民一道，为争取新民主主义革命的彻底胜利而斗争，并联合全世界民主青年，为争取世界持久和平与人民民主而斗争。在这次大会上还成立了全国学生运动的领导机关：中华全国学生联合会。中共领导青年运动是有超前的规划的，1948年9月，毛泽东同志主持召开了一次重要的会议。会上讨论了将于1949年上半年召开全国青年代表大会，成立全国青年联合会，正式建立新民主主义青年团的问题。会后毛主席起草中共中央九月会议通知时，写上了有关召开团代会和建立新民主主义青年团的决定。9月

15日为全国建团做好干部准备，经党中央批准，中央团校第一期在河北省平山县两河镇开学。10月11日周恩来同志就建团问题专门写信给毛主席，建议在召开全国青年代表大会的同时，即可召开新民主主义青年团代表大会，并且提出“新民主主义青年团及其中央委员会和中国青年联合会的中央机构，两个团体恐仍需分别成立”。对青联性质以及青联与团组织的关系，周恩来同志指出，全国青年联合会是青年团体的联合组织，新民主主义青年团是以团体资格参加，并起领导作用。周恩来的这些建议得到了毛主席的完全同意和批准。年底，经党中央批准，《中国青年》杂志又一次复刊。毛主席亲自为《中国青年》创刊号写了刊头，并题词：“军队向前进，生产长一寸，加强纪律性，革命无不胜。”

很显然，中国共产党所领导的青年运动是充满朝气和活力的，而身在国统区的青年，他们同样也是爱国的，青年人所有的正气和力量是无法阻挡和抗拒的。高校的知识分子们、教授们的内心还有着对这个国家未来所保存的信心，更保留着分别黑白、拒绝反动统治的良知。知识分子的良知和青年学生的热情，成为一种巨大的力量，他们看起来是手无寸铁而文弱不堪的书生，但是他们担当着时代的重任，他们真正是改变旧世界、创造新世界的中坚力量。他们在时代的前头，在扬子江的潮头，引领着中国人的心声前进。

中央大学决定在3月29日这一天搞大团结晚会自然是用意深远的，正是要调动起年轻人的积极性，让他们团结起来，在自己的节日里为自己的国家的复兴而欢呼，未来是他们的，他们为此奔走也是理所应当的时代责任。中央大学作为优秀青年聚集的名校，应该成为进步活动的中央之所在，就像他们的“校呼”一样热烈而庄严：

中央啦！中央啦！中——央——啦！啦！啦！蓬，勃，澎！蓬，勃，澎！中央大学蓬勃澎！

这种排山倒海的呼喊，是中央大学学生的自信，也是他们用以表达激情与力量的方式。 刚刚到中央大学的时候，成贻宾在纸上看过这些简短的文字内容，他觉得好像也不过如此，可等到他真的与同学们站一起，用最热烈的情绪和最嘹亮的声音将其呼喊出来的时候，那种场面真的是排山倒海，真的让人激动和振奋，好像随时就要冲到最前方去，像战士一样和这个黑暗而混乱的时局作斗争。 这种呼喊也让学校充满能量，充满了激情，充满了蓬勃的精气神。 虽然只是一些简短的字句，却是他们用生命发出的呼喊，是青年人的呼喊，是学子们的呼喊，是一个时代的呼喊，他们在内心召唤一个伟大时代的到来，他们希望通过自己的努力，用自己的真诚和激情迎接一个伟大时代滚滚而来的新浪潮！

作为其中的一员，成贻宾感到无比地幸福和激越——为这个学校，为这个时代！

3 月 29 日晚，几千名大学生和一些教授、助教、职工群众、中学生代表，聚集在灯火辉煌的中央大学操场，表演了一个个寓意深刻、富有战斗性的文艺节目。 南京戏剧专科学校（简称剧专）学生，表演了一出妙趣横生的《猴戏》。 剧中的“洋人”牵着老、壮两只“猴子”耍起把戏，把现实生活中国民党政府的假和平阴谋表演得惟妙惟肖，博得了观众热烈的掌声。 晚会还一致通过了南京市学生大团结和争取真和平宣言：“我们南京市学生永远团结一致，反迫害、反饥饿、争生存、争自由、争真和平。 决不妥协，决不退让，任何一校一人遭受迫害，誓以全力支援。”这不仅仅是南京学生的呼声，也是全国学生的共同心声，是这个时代的心声。 他们团结在一起，他们心连在一起，他们充满着力量。

3 月 30 日下午，中共南京市委学委领导和大专分党委研究，拟于 4 月 1 日南京国民党政府代表赴北平参加和谈之际，举行“反对假和平，要求真和平”的大游行。 中共南京市委领导了解情况后指示：南京即将解放，为了避免损失，这时不宜上街游行。 31 日，学委向大专分党委传达了市委指示，指出要紧急劝阻游行，改为用校内请愿来表达群众要求真和平的愿望；如果劝说无效，各校党组织要引导队伍缩短游行路线，注意敌情，采取保护学生和群众的安全措施。大专分党委即分头找各校党组织紧急贯彻市委指示。

3 月 31 日晚，成贻宾参加了电机系三九级近四十名同学座谈国民党“备战谋和”的会议（中共地下组织秘密领导的），成贻宾从成有庆、王仁道、李先彬以及其他同学的发言中才看透了“和谈”是阴谋，成贻宾惊觉自己认为“和谈”可以避免牺牲的善良愿望，险些被国民党当局利用。成贻宾愤怒地说：“非把它揭穿不可！”是夜，成贻宾全力投入反对假和平、争取生存的游行准备中，赶制标语等宣传品，直到深夜才睡。制作标语对成贻宾来说也算是一种特长，过去在乡下的时候，父亲总是督促着他写好毛笔字，那时候父亲的戒尺可是毫不留情地打在他的手臂上，那种警醒可是令人心惊的。那时候他还觉得写字只要是周正就好了，写得好并没有多大的用处，但是到了用到的时候才知道“书到用时方恨少”的意思。不过这写好了字也不是为了刷标语用的，大家都说他这手字就是为了革命运动准备的——这话说得很有意思，大家哈哈一笑也就不觉得累了。在成贻宾的内心，他确实也觉得好像很多事情都是过去准备好的，而过去没有想到未来到底是个什么样子，就像他从来也没有想到自己会成为一名参加游行运动的积极分子，成为为这个时代振臂一呼的时代青年。

各校接到市委指示已是 31 日夜或 4 月 1 日清晨，而学生情绪激昂，已做好了上街游行的组织准备。剧专学生已在中大宿舍集合。进步学生彻夜准备游行用的小旗、标语、横幅及其他宣传品，只等天一亮就拉队伍上街。4 月 1 日清早，各校队伍挥舞旗帜，踏着歌拍陆续来到中大操场。队伍集合好了，在场的地下党员们还在以个人名义劝说群众，中央大学校务维持委员会负责人也以校方名义，苦心劝说学生把游行改为召开群众大会。但群众要求按原计划上街游行的呼声依然不减。学校党组织见游行之势如同箭在弦上，不得不发，遂决定党员跟群众站在一起，随时注意在游行中引导群众，保护群众。校务维持委员会胡小石教授为了保护同学们的安全，也迅即坐上吉普车，跟着游行队伍，驶出校门。胡小石的内心也非常矛盾，他一方面想着要打破这该死的时局，让那些不顾老百姓死活的官僚早早地下台去，最好是被送上断头台，就连这个该死的当局也应该被送上断头台。不过他心里也明白，这些年轻人面对的是完全混乱的时局，是行为不堪的政治和军队，那些杀人不眨眼的敌人根本早就失去了良知，他们的枪口根本就没有任何的正义可言，他们手上的大棒警棍不知多少次砸在自己同胞的身上。他知道这些年轻人的身后都有自己的家庭，有自己的爱人，有自己最向往的美好世界，可是他们义无反顾地走上前去的时候，就意味着奔向了黑暗和危险。作为现在学校的维持委员会成员，作为这些年轻人的老师，作为他们的长辈，胡小石内心非常矛盾，他恨死了这个罪恶的时局，竟然要逼着青年人撸起袖子来和他们抗争。他心里为这些充满正义感的年轻人感到骄傲，为他们为这个时代的进步做出的努力感到自豪，当然也为他们冲在前面感到忧心忡忡，他们当中哪怕是一个人有闪失，都是一个鲜活的生命，都是一个完整的家庭，都是学校不可推卸的责任。所以说，对于眼下的形势，学生的情绪和要求是无法阻挡的，但是对于他们的保护也是必须的，所以胡小石也只有和他们一起走向前去，不管有多么危险，这个时候他应该和青年人在一起，他应该用自己也非常羸弱的身躯和他们组成最坚强的城墙。他觉得自己和年轻人在一起一切都是激越的，一切都是充满力量的，他也在内心默默地为他们祈祷，希望他们能够没有任何的危险，也希望他们能够通过自己的努力将这个黑暗的政局给打破，把那些可恶的官僚给拉下马来，这大概是一个读书人，一个手无缚鸡之力的读书人最为质朴的心愿和最为强大的力量。

4月1日上午八点多钟，南京十所大专院校的六千多名学生，从中大正门出发，向总统府进发。队伍中，除了学生，还有不少教员和四百多名工友。纠察队佩上红袖章，联络人员不断跑动，游行秩序有条不紊。校门周围，警察密布。

游行队伍沿途不断高呼口号："争生存、反迫害！""要求真和平，反对假和平！""拥护中共八项和平条件！""实行李代总统七项诺言！"学生队伍先后在大中桥和总统府遭到预先埋伏的警察和淮海战役败退回京的国民党军官的毒打。胡小石和刘庆云、张江树、吴传颐四位教授不避艰险赶到现场，也遭暴徒围追，胡小石及时进入总统府门房躲避，才免遭不测。成贻宾在游行中担任街头宣传，一路上挥舞标语、领呼口号："反对假和平，争取生存，争取真和平！""反对美援！""反对征兵、征粮、征实！""提高师生员工待遇，要求全面公费！"

总统府门前警卫森严，游行指挥部派代表进去递交请愿书，提出八项要求，并要李宗仁当面答复。接待学生代表的侍卫长说："李代总统确实不在，兄弟无权答复各位提出的问题，但保证将请愿书转呈代总统。"学生代表坚持要求李宗仁出来回答问题。双方相持两个多小时。午后，学生们得知李宗仁确实是到机场送国民党和谈代表团了。

于是指挥部决定：游行队伍返回各校。

队伍从总统府转向太平路，以宣传车为前导。宣传车上有个纸糊的大炮筒，炮口上挂着一个纸糊的破碗，上面写着四个令人触目惊心的大字"民众生活"。还有一根竹竿，挂着一个"天平"，"天平"一端是成捆的"金圆券"，另一端是两根又细又小的油条。中大音乐系和音乐学院的学生带领大家高唱起为"四·一"游行而创作的新歌："公费吃不饱，自费没钱交，老婆孩子饿得哇哇叫……""反动派，怎得了！十万元的大钞，没有人要……""反动派，真窝囊，内战的本钱全输光，长江时里跑了'重庆号'，百万大军投了降……"游行队伍经过太平路、白下路、中山路、新街口，于下午两点到达金陵大学操场，指挥部的同学在解散时指出："今天的游行虽然胜利了，但我们随时都有可能遭到迫害，大家要提高警惕，这不过是斗争的开始……"

南京卫戍司令部为制止、镇压学生游行，3 月 31 日就召集紧急会议，研究措施：由首都警察厅令保警总队派两中队警察，归首都卫戍司令部东区警备指挥部，借以“加强警力，机动使用”。当晚，首都卫戍司令部政工处电示东区警备指挥部，“连夜召集各所所长，东区宪兵队队长和特务人员开会”，“按照预定计划”，会同“军宪”一致行动。当学生们在街上游行的时候，首都卫戍司令部已经早有预谋，安排便衣特务穿上军装，混在国防部军官收容总队的打手群里，准备动手打学生。剧专的六十多位学生乘卡车返回学校，途经白下路大中桥时，突然，几百名穿着灰布军装的“军官收容总队第七大队”的打手蜂拥而出，拦住车子，一阵棍棒把司机室的玻璃砸碎。卡车停了下来。暴徒们高叫：“你们这帮共党学生给老子滚下来！”举起木棒、铁尺向学生打来。学生会的几个负责人据理力争：“我们是宣传拥护和谈的，刚刚游行回来，又没惹你们。”暴徒哪里听这些，棍棒仍然雨点般打来。并从车上把学生拖下来，用粗麻绳捆绑起来。暴徒们一边打，一边抢学生的手表、钢笔、戒指等。刚下桥，又赶来一批暴徒，用砖头、石片砸学生。

剧专的学生被押到本校附近的军官收容总队兵营的院子里，只准蹲着。打手们指着伤痕累累、血迹斑斑、不能走动的学生疯狂地叫嚷：“你怎么不唱游行歌啦？怎么不扭洋歌（秧歌）啦？怎么不演猴戏啦？”露骨地发泄他们对革命青年的仇恨。晚上，学生们又被暴徒押送到卫戍司令部，受了一夜的审讯、折磨和毒打。

剧专的学生在大中桥被殴打的混乱时候，有几个同学冲出重围，跑到各学校报信。政治大学的学生闻讯，立即携带急救药品，乘上陈祝三等司机开的两辆大卡车和一辆吉普车前往救护。沿途许多群众，几乎是哭着呼喊：“前面打死人啦，不能再去！”但政大同学救人心切，高唱《团结就是力量》，继续向前。车子一到出事地点，数百名军官暴徒咆哮叫嚷着包围过来，木棍、铁条、石块纷纷落在赤手空拳的学生身上，有的被打得骨折血流，有的被打得昏倒在地上。狠毒的打手们意犹未尽，又将他们横拉着捆在一起，百般侮辱。何显慈、丁雍年两位同学生命垂危。正直的老司机陈祝三，看到学生遭打，义愤填膺，一边忍不住边喊“我们要求和平”，一边奋不顾身地抢救受伤学生，招呼学生赶快上车。几个暴徒见他是司机，就逼他把收容总队军官送到总统府。陈祝三拒不答应，暴徒们气急败坏，一顿乱棍把他打倒在地，还用皮鞋朝他胸口、腹部猛踩，尔后又把他拖到大光新村的特务营里，在他两腿上刺了两刀，搜去他身上财物，没断气就把他塞进一条阴沟，活活闷死。

经过两个多小时的打、捆、搜劫之后，又开来几车宪兵，名为“制止”，实为帮凶。他们一面将捆绑的三十七位同学解往卫戍司令部，一面让打人的凶手逍遥溜走。凶讯传到中大，热血青年们一下子集合起数百人，冲出校门，准备营救同学。半路上，游行总指挥董俊松把队伍带到总统府，想以向李宗仁请愿的方式，达到制止暴行、严惩凶犯的要求，而避免与大中桥正在行凶的军官收容总队正面冲突。中大校务维持会的部分教授十分关心学生的安危，也追随学生队伍而出。成贻宾顾不得自己劳累，急忙和众多同学奔到总统府，要求国民党当局制止暴行。同学们推选成贻宾作代表并担任流动纠察，成贻宾认真维持秩序和警戒，维护队伍安全。队伍到达总统府后，成贻宾和学生代表们一起向国民党当局提出抗议，要求立即停止大中桥暴行，释放无辜被捕学生，严惩围攻殴打剧专学生的凶手。

总统府前军警剧增，气氛紧张。学生队伍呈扇形展开，围坐在门前高唱“团结就是力量”，秩序井然。应变会主席团代表和教授们上前交涉，总统府卫兵却故意拖延时间。上午出面的那个侍卫长出来搪塞：“李代总统不在，兄弟无权答复。”国民党卫戍司令部政工处处长罗春波在学生队伍前踱来踱去，威胁说：“我劝你们回学校去，这样没有好结果。”学生不听他这一套，屹然不动。

下午四时左右，一百多名国民党警察顺着西墙根开进了总统府。随即，大门敞开，一群国民党宪警组成几层人墙，堵住几个门洞。接着，几辆卡车载着手持凶器的军官收容总队的暴徒，在总统府旁的卫戍司令部门口戛然停下，大叫着“打小八路”，挥舞着铁尺等凶器，直扑总统府前的请愿队伍。学生们见此情形，想躲进总统府内，但预先布置好的警察拦在门前，并用皮带抽打学生。学生们在前后受敌的情况下，欲进不能，欲退不得。主席团迅速指挥学生分成两部分，大部分学生朝东跨过小铁路避开，靠西边的两百余人冲向总统府。部分学生冲进总统府，军警在前厅架起机关枪，让收容队军官追打学生。

程履绎高呼着：“停止暴行！”“停止暴行！”遭到暴徒的拳击棒打。他的眼镜被打掉，右臂被打断，头骨破碎，气息奄奄。

成贻宾和部分未冲进总统府大院的学生也被围殴。成贻宾后脑破裂，鲜血直喷，昏厥在地，并被捆绑起来。敌人企图将捆上的一批学生装上汽车捕走，这时成贻宾苏醒过来，他见状机智地提出“松绑自行登车”。松绑后，学生们立即四散逃脱。成贻宾因伤势过重，未走几步就被暴徒撵上，又遭到更残忍的殴打，腹背内脏皆受重伤。经过老师和学生们的抗议、声援、多方营救，成贻宾满身血污地回到学校。

回到学校他就昏倒了，同学们把他送进中大医学院丁家桥附属医院抢救。医生诊断他头部受重伤，脾脏被打破。医院和学校表示情况非常紧急，要求立即通知成贻宾的家人，有学生知道成贻宾家在学校附近，立即奔去找成家人，可是成贻宾的父母都在工作并不在家中。又有人想到他的未婚妻的住处，立刻又派人去寻找。

这天下午，成贻宾的父亲成时清其实并没有什么事情，但是因为这些天城里时局紧张，他也心绪不宁，就出去找一位老朋友说事情。其实，他平日里除了去做家教都是在家里的——因为自己的腿疾，而且平日里他也喜欢在家看看闲书。他经常说自己这是“没钱买肉吃，睡觉养精神”，其实也是自我解嘲，不过严相清倒是对他有另外的安慰，说他是“有福之人害腿，无福之人害嘴”，这些话也都是他们苦中作乐的消遣，这样日子就会多一点快乐的气氛，这样辛苦的日子就会有一点滋味。但是今天成时清觉得烦闷，就出去访老友叙旧，他最近一直就盘算着要离开南京，老家来信说母亲年迈，他自己日子也不怎么畅快，现在成贻宾也是大人了，彭毓芬在南京与他也有个照顾。人老了就越发地想家，在外面就越觉得辛苦，总是想着回去哪怕是每日吃粥，总是顺心自在的。他这些年在南京生活的日子也不短了，但是总没有办法将这里变成自己最喜欢的地方，倒是时间越长越觉得隔膜，以至于到了时时刻刻都想回家的地步。成时清的这位老友，是一位僧人。金陵的寺庙非常多，古刹里面有不少的高人，成时清其实也并不虔诚于佛教，只不过一次偶然的机会——大概就是别人说的缘分——他们一见如故谈得来。一有时间成时清就会去坐坐，听他说说简单的佛法，也可以缓解缓解现实的不安。老和尚也不是南京人，是云游于此的，和成时清一样，他们也不曾将这个城市当成最终的落脚点。不过老和尚看得比成时清淡一些，他觉得自己在哪里，哪里就是寺庙，心里有佛法就不要担心以后自己要去向什么地方——这些僧人相信自己要住在自己的内心，也就是说自己是自己的佛，自己的内心就是自己的极乐世界。成时清是做不到这样的，但是和老和尚说话常让他觉得内心安详，于是便常来。

今天到了寺庙，老和尚不在，小和尚认识这位施主，于是就招呼他在禅房里喝茶。这一下午他就什么也没有做，就听着梵音在喝茶发呆，他也觉得这种安静的地方很让人内心祥和。一直到太阳落山的时候，他都不怎么想回家去，但是怕时间过了没有车了，于是急匆匆地赶着回去。然而到底还是错过了学校里来找他的人，不知道成贻宾出事的消息。不过再晚一点发现严相清没有回来，他心里就有些奇怪，往日里她很早就回来的，再出去看看邻居，人家告诉他严相清去学校也不知道是去医院了，说成贻宾在学校里出了什么事情。听到这话他很着急，顾不得病痛和饥饿，急着往附近不远的中大附院去了。

彭毓芬是在学校里被找到的。找到的时候她正在认真地背书，她和成贻宾说了今天晚上要给他背英文书的，这是每个星期必然要在一起做的事情。她就像是要接受老师检查一样，有些紧张也特别认真，就连小姐妹喊她去看看那春天的景色她也没有答应，因为成贻宾是要检查她的学习情况的。大家都笑话她，其实也是羡慕她有这么一个爱她的男人，把她所有的事情都打算得很周到，这样幸福的人生确实也是非常令人艳羡的。

成贻宾的同学找到彭毓芬的时候，她还在认真地背诵。见到是成贻宾的同学，她心里感觉到大事不妙，她非常聪明，要不是没有特殊的事情，他的同学是不会来找自己的。同学也是开门见山，告诉她下午学生游行的时候，成贻宾受伤住院了。她听说这话，手里的书一下子掉在了地上，她连捡都不去捡了，跟着来的同学就去了医院。一路上她的心里焦急万分，眼泪不停地往下掉，要是他出了事情可怎么办，他一贯是那么率真的性格，什么事情都带头往前走的。现在说是受伤了，也不知道究竟什么伤，究竟是伤到什么程度，有没有什么危险？这些话，来的同学似乎也不好多说什么，只是安慰她不要着急，一切都有医生在处理，学校里面也派了代表帮着处理。可是她怎么能不着急呢？他的命好像比自己的命还要重要，她恨不得能够插上翅膀飞奔到医院，去看看自己的爱人到底是怎么了？本来她也听说最近几所学校的学生是要搞什么游行运动的，她也是准备去看看他，顺便劝他凡事不要太过于走在前面，什么情况都要冷静一点。但是想着他们晚上就要见面了，也不急着这么一会，再说平时他总是比较稳妥的，做事也有分寸，总不至于做什么糊涂过分的事情。她现在有点恨自己怎么就不早一点来，不然的话也不会让他受伤。现在还不知道他的伤到底是什么情况，如果真的要有个三长两短，自己心里真要后悔死了，就是对成时清夫妇自己也是没有办法交代的，毕竟前一段时间成时清还专门就他的事情嘱咐她一定要好好地劝说劝说。她全然不顾后面的同学赶不上自己，两个男同学似乎也没有她一个女人跑得快，他们不了解她急切的心情，她现在就是要第一时间看到成贻宾，确定一下他到底是有什么伤情，有没有任何的危险。现在一切对她来说都没有做这一件事情来得重要。这么多年，彭毓芬也是第一次感觉到自己这么紧张成贻宾，也许过去从来没有过这种情形，他们的生活虽然有时候很困难，也有远在两地的时候，但是从来没有过今天这样的局促不安，她不知道这到底是为什么，为什么好好的日子就一下子变得这么不安了。

她奔到医院的病房，很多人都围在那边，成时清夫妇见到了彭毓芬，一把抓住了她的手，严相清眼泪汪汪地掉下来。彭毓芬连忙问道："到底是怎么了？"成贻宾因为还在昏迷抢救，现在不让见面，他隔着抢救室有玻璃的门，看见里面受伤的成贻宾躺着，床单上面全是血污，同学们告诉她下午事情的经过，她悔恨不已地瘫坐在地上，恨自己早上没有来劝他要注意安全。严相清抓着她的手，让她不要瞎想，现在一切都要看医生的治疗还有他自己的造化。同学们忙着打理现场的情况，还有人去外面给成贻宾亲属三个人买来了晚饭。他们这个时候哪里有心思吃饭呢？他们现在就盼着能够早点见到病榻上的成贻宾醒过来。

也真是令人伤心，到这个地方才知道，原来另外一名受伤的同学竟然就是程履绎，之前成贻宾把他介绍给彭毓芬认识的时候，心里就是想着让他来劝彭毓芬自己参加学生运动没有什么危险，而且是青年人应该做的事情。本来她还想说点什么，但是被这位高年级的学长一说，她也觉得似乎很有道理，就不好再说什么了。但是今天倒下的两个人竟然就是他们这两个最好的同学，也是他们告诉自己要对未来充满希望的，可是现在一切竟然变成这么一个情况，两个人居然一起倒在了血泊之中。听说程履绎的情况更加严重一点，他到现在还没有什么意识，这么大的出血量，被刽子手暴打得过于严重，看来情况是不怎么好的。他在南京也没有亲人，老家的人也没有办法可以联系上，一切都是其他同学在照顾。胡小石让人准备好他们的医疗费用，不惜一切代价要给这两个孩子看好病。胡小石内心也非常纠结，当时自己怎么也没有想到这两个孩子听说别的学校学生被打会再走回去，他也许应该在现场再待一会，不应该自己先走开了。他现在也非常自责，虽然这两个年轻人的情况并不是自己造成的，但是作为他们的师长，他觉得自己还是有推卸不掉的责任的。

现在能够做的就是不惜一切代价来抢救他们的生命。好多同学都在医院里等着消息，他们都在为这两个同学祈祷。外面的事态也有了一些平息，但是今天这个情况确实非常地严重，当局的刽子手确实过于残忍，他们竟然对手无寸铁的年轻人如此地凶残，看来国民党的统治已经到了不择手段的地步了。

就在他们两个人被打成重伤之后，建国法商学院、边疆学校的学生获悉同学被打，七八十人乘校车也赶向总统府支援营救。车过首都卫戍司令部时，暴徒用石头、木棒向车上砸来。一些学生受伤，一些学生跳下汽车，仍遭毒打，少数学生在市民的掩护下脱险。中央大学学生应变会紧急组织了一个医护小组，无数热心学生主动参加协助。他们到白下路抢救伤员，在文昌桥设立急救室和临时手术室。鼓楼医院病房也住满了学生伤员，院方在中大又设立了临时病房。一时间整个南京城都充满着紧张和血腥的气氛，学生们是义愤填膺，但校方都在安抚与告诫他们要理性。现在的国民政府已经是红了眼睛的野兽，全然不顾什么同胞之情和青年人之弱势，他们打仗打不过日本人，打不过江北的共产党，打起青年学生起来倒是手段残忍不顾一切。这就好像是一个人，在外面鬼混没有什么本事，闹了一肚子气回来看见家里孩子尚小便是一顿打，最后总算是把自己的气出了，还觉得自己是很有本事的——打别人不行，打自己人是国民政府的长处。大家觉得这次不管怎么说，不能再隐忍下去，听说江北的共产党和国民党的谈判看来是没有什么希望的，而这支人民的军队正在摩拳擦掌地准备渡江。只要他们挺进江南，这国民党的命运就是兔子的尾巴——长不了。

国民党面对外部的巨大压力，内部早已经涣散了，1949 年初就计划着退守台湾。经过辽沈、平津、淮海三大战役，国民党军队的有生力量已被消灭过半，国民党在大陆的统治面临彻底垮台的命运。此前，蒋介石已在 1948 年底进行撤退的酝酿和安排，将国民党的党、政、军、财、文的中心东撤台湾。三大战役之后，作为退守之地，国民党只有西南、海南、台湾可以选择，而东撤台湾有种种优势：台湾海峡海阔浪高，只有它才能暂时阻止没有海、空优势的共产党军队的乘胜追击；台湾气候适宜，物产丰富，全岛土地利用率高，粮食等农产品基本可满足军民所需；台岛内部交通便利，工业有“日据”时代留下的基础，若善于经营，经济可望起飞；在军事上，台岛有海峡与大陆相隔，易于防守，且位于太平洋西缘，扼太平洋西航道之中，与美国的远东防线衔接，战略地位极为重要，美国不会弃之不顾，若得美援，台湾将万无一失。同时，台湾长期与大陆阻隔，中共组织与人员活动较少，又经 1947 年“二二八”事件的“整肃”，干扰更少，未来即使社会稍有动荡，台岛四面环海，呈封闭状态，境内铁路、公路四通八达，农村都已开发，国民党当局极易消除不稳定因素以稳定社会。

所以说，不仅仅是因为学生运动和人民群众的反抗，其实国民党早就盘算着溜之大吉了。

但是，该清算的账还是要算清楚，不能让刽子手逍遥法外。学生运动组织很快就开始统计受伤的人数，他们要把这个数字尽快地交给报纸，尽快地告诉所有民众，尽快地送到总统府的桌子上，让他们看一下，国民党政府是怎么样对待自己国家的青年的，怎么能够对同胞下这样的毒手。到晚上统计出来，中大、政大、剧专、建国法商学院、边疆学校等校被打伤的学生达 195 人（不包括被殴教授、员工和市民），其中重伤 80 人，轻伤 115 人。政大司机陈祝三当天殒命。这个结果是令整个社会一片哗然，暴徒的行为令人发指，对着同胞竟然下了如此的毒手，而无耻的当局却似乎还没有意识到自己犯下的滔天罪行，甚至还想逃避自己的责任。4 月 1 日晚，迫于社会各界的种种压力，行政院和首都卫戍司令部联合召开记者招待会，发表了两个声明，说学生与军官收容总队因口角而互殴，引起流血事件，这是偶发性事件。招待会并规定各报必须据此项声明进行报道，企图掩盖事实真相，拼命地开脱罪责。

百姓们对于国民党一贯的嘴脸是了解的，对他们似乎已经失去了从善为良的信心，但是这一次他们坚决不同意让步，一是这些无辜的学生手无寸铁，当局竟然麻木不仁，简直就是丧心病狂。没有哪一个国家，没有哪一次战争可以这样对待平民，更何况是对待自己的同胞，而且是热血的年轻人，这一宗罪是国民党自己犯下的，不管是总统还是代总统，都是难逃其责任的，试图辩称什么偶然事件来糊弄老百姓，那是坚决不可能的事情，群众受了多年的蒙蔽，不想再被当作愚民一样玩弄。其实他们本来是有着相信自己人的善意和宽容，但是既然国民党总是张牙舞爪地要咬人，就不能再如此隐忍下去。也许对于一般的老百姓而言，他们为了自己的生活仍然会选择对这个混蛋的世道进行忍让。但是对于本来就是为了追求光明的年轻人而言，他们从来没有想过要退步，哪怕是付出生命的代价也要和这些魔鬼抗争，再说现在已经有人倒在了血泊之中，就更加不会再听国民党衣冠楚楚地坐在新闻发布会上胡说八道——如果这样的情形还能容忍，这个世界真的是没有希望了。更重要的是，他们之所以如此坚定地选择斗争与反抗，是因为他们感受到一种强大的力量卷向他们，南京城已经不再是那些国民党想阴魂不散就能聚守得来，江北的红旗已经是漫天飞舞，老百姓盼了多少年的人民军队正在做着最后的努力。共产党不会坐视国民党玩什么假和谈的手段，他们手里的枪支是代表着人民和正义的。那一门门大炮必将打开这破烂的国民政府大门，让人民军队将鲜艳的红旗插上去，让这些没有人性的混蛋们见鬼去。

现在，所有的人都有信心，他们虽然没有看见人民的军队，但是他们心里有底气，他们背后有靠山，而对于那些倒行逆施的人来说，已经不会再有任何机会给他们了。在这样的黎明时刻，没有人能够阻止阳光的到来，所有的黑暗都会被一扫而空，这个时候虽然免不了牺牲与付出，但是这一切的付出都是为了自由，为了光明，所以这些都是值得的。对于那些顽固的阴谋家，那些人面兽心的狂徒，是时候让他们看看群众的厉害了。如今有学生为了追求自由倒下来，这样的血不能白流，必须要让凶手低下头来认罪伏法，让他们在人民的面前低下头颅，一切都将向着光明的方向发展。对于这场劫难的后果，对于当局麻木不仁的行为，对于那些举起凶器对准自己人的罪魁祸首，全国人民一致声讨，这就像是风雨大作的形势一样，让飘摇的民国随时都会葬送扬子江底。迫于形势的巨大压力，国民政府行政院院长何应钦不得不表示愿意向南京学生赔偿损失，承担丧葬医疗费用，派人慰问受伤学生，签字释放被捕学生。这些衣着光鲜的官员们知道，现在人民的心里充满了力量，虽然自己有军队在护卫，但是现在的江山已经不是几个大兵能够左右的了。

不过天妒英才，程履绎因伤势过重医治无效，于 4 月 2 日不幸逝世。

4 月 4 日，惨案发生后的第三天，中共中央主席毛泽东亲笔撰写了《南京政府向何处去?》一文，严厉斥责国民党的罪恶暴行:

两条路摆在南京国民党政府及其军政人员的面前:一条是向蒋介石战犯集团及其主人美国帝国主义靠拢,这就是继续与人民为敌,而在人民解放战争中和蒋介石战犯集团同归于尽;一条是向人民靠拢,这就是与蒋介石战犯集团和美国帝国主义决裂,而在人民解放战争中立功赎罪,以求得人民的宽恕和谅解。第三条路是没有的。

在南京的李宗仁何应钦政府中,存在着三部分人。一部分人坚持地走第一条路。无论他们在口头上怎样说得好听,在行动上他们是继续备战,继续卖国,继续压迫和屠杀要求真和平的人民。他们是蒋介石的死党。一部分人愿意走第二条路,但是他们还不能作出有决定性的行动。第三部分是一些徘徊歧路、动向不明的人们。他们既不想得罪蒋介石和美国政府,又想得到人民民主阵营的谅解和容纳。但这是幻想,是不可能的。

南京的李宗仁何应钦政府,基本上是第一部分人和第三部分人的混合物，第二部分人为数甚少。这个政府到今天为止，仍然是蒋介石和美国政府的工具。

四月一日发生于南京的惨案，不是什么偶然的事件。这是李宗仁何应钦政府保护蒋介石、保护蒋介石死党、保护美国侵略势力的必然结果。这是李宗仁何应钦政府和蒋介石死党一同荒谬地鼓吹所谓“平等的光荣的和平”，借以抵抗中共八项和平条件，特别是抵抗惩办战争罪犯的结果。李宗仁何应钦政府既然派出和谈代表团前来北平同中国共产党谈判和平，并表示愿意接受中国共产党的八项条件以为谈判的基础，那末，如果这个政府是有最低限度的诚意，就应当以处理南京惨案为起点，逮捕并严惩主凶蒋介石、汤恩伯、张耀明，逮捕并严惩在南京上海的特务暴徒，逮捕并严惩那些坚决反对和平、积极破坏和谈、积极准备抵抗人民解放军向长江以南推进的反革命首要。庆父不死，鲁难未已。战犯不除，国无宁日。这个真理，难道现在还不明白吗？

我们愿意正告南京政府：如果你们没有能力办这件事，那末，你们也应协助即将渡江南进的人民解放军去办这件事。时至今日，一切空话不必说了，还是做件切实的工作，借以立功自赎为好。免得逃难，免得再受蒋介石死党的气，免得永远被人民所唾弃。只有这一次机会了，不要失掉这个机会。人民解放军就要向江南进军了。这不是拿空话吓你们，无论你们签订接受八项条件的协定也好，不签这个协定也好，人民解放军总是要前进的。签一个协定而后前进，对几方面都有利——对人民有利，对人民解放军有利，对国民党政府系统中一切愿意立功自赎的人们有利，对国民党军队的广大官兵有利，只对蒋介石，对蒋介石死党，对帝国主义者不利。不签这个协定，情况也差不多，可以用局部谈判的方法去解决。可能还有些战斗，但是不会有很多的战斗了。从新疆到台湾这样广大的地区内和漫长的战线上，国民党只有一百一十万左右的作战部队了，没有很多的仗可打了。无论签订一个全面性的协定也好，不签这个协定而签许多局部性的协定也好，对于蒋介石，对于蒋介石死党，对于美国帝国主义，一句话，对于一切至死不变的反动派，情况都是一样的，他们将决定地要灭亡。也许签订一个全面性协定对于南京方面和我们方面，都比较不签这个协定，来得稍微有利一些，所以我们还是争取签订这个协定。但是签订这个全面性协定，我们须得准备应付许多拖泥带水的事情。不签这个协定而去签订许多局部协定，对于我们要爽快得多。虽然如此，我们还是准备签订这个协定。南京政府及其代表团如果也愿意这样做，那末，就得在这几天下决心，一切幻想和一切空话都应当抛弃了。我们并不强迫你们下这个决心。南京政府及其代表团是否下这个决心，有你们自己的自由。就是说，你们或者听蒋介石和司徒雷登的话，并和他们永远站在一起，或者听我们的话，和我们站在一起，对于这二者的选择，有你们自己的自由。但是选择的时间没有很多了，人民解放军就要进军了，一点游移的余地也没有了。

4月11日，南京各大专院校分别在中央大学、金陵大学、政治大学为“四·一”惨案中牺牲的烈士举行追悼会。胡小石亲致悼词，他所撰写的两副挽联，悬挂在礼堂南面墙上，其中一副挽联为：

你死，死得好惨，惨无人道；
我哭，哭不出来，来悼英灵。

追悼会的现场，数以万计的青年学生前来送上祭奠的鲜花。青年学生们纷纷写出挽联来纪念英雄，同时也鞭挞这个罪恶的国民政府。这些花圈是对英雄的纪念，也是为这大势已去的政府送葬，对于他们犯下的滔天罪行进行着控诉。英雄为了追求心中的信仰和真理离开人间，但是他们的精神凝聚成无往而不胜的力量，什么样的黑暗势力也破坏不了他们伟大的信仰。在追悼会上，许多学生泣不成声，他们的泪水是对英雄的怀念和赞美，也是对黑暗统治的责问与鞭挞。纪念活动持续了很久，大家久久不愿意离开，他们心里充满了思念，充满了愤恨，充满了一定要将黑暗时局打倒的决心。报纸的记者见到这样的情形也是深有感触，他们觉得这么些年从来没有见到青年人这样空前团结，没有见到中国人在自由进步的道路上如此坚定的信念。也许几个人的牺牲代价是巨大的，但是他们是前进的拓荒者，他们用自己的生命守护了青年人的信仰，守护了民族自由解放的追求，他们献出了自己的生命，换来的是同胞的觉醒，换来的是美好的新生。他们去世了，可比有些活着的人还要令人敬仰，他们用生命谱写了壮丽的诗篇。追悼会之后，许多学生还纷纷地给报社写文章，表达他们的哀思之情，他们在这场惨案中看到了当局的黑暗，也看到了同胞的觉醒，他们终于知道对于这个混蛋的世界不要再抱任何希望，只有站起来与他们抗争才是最大的希望。现在他们盼望着江北的人民解放军能够早点来，早点给这荒唐的一切一个应该的结局，这几十年的战乱纷飞，这个古老的国家，这个血迹斑斑的城池，这些饱受凌辱的人们，他们早就盼着人民军队南下，将这一切的历史都给改写，把民族自由还给饱守苦难的人们。这是所有百姓的想法，他们要给这个时代也开一个追悼会，希望不要再给世界带来灾难和噩耗。

而此时的成贻宾并没有脱离危险，守在他身边的同学们焦急万分，日夜轮流陪护在成贻宾身边。而此时的彭毓芬更是吃不下饭睡不着觉，整日整夜地看着病榻上的未婚夫，他哪怕是有一点点的动静，彭毓芬都会喊医生，直到他慢慢地有了意识。但是医生知道他并没有脱离危险，病榻上的成贻宾其实依旧是危在旦夕。医生也非常焦急，为了他的病情想尽了办法。医生知道这些年轻的学生是英雄，他们是为了正义才走上街头，他们应该得到最高的礼遇，他们的身体承载着最伟大的灵魂。这些稚嫩的生命非常骄傲，非常顽强，充满了让人欣喜的活力，只有他们心中充满光明，这个时代才有盼头。

成贻宾失血过多需要补充，同学们献出了一千七百毫升血液注入他的身体；他身体虚弱需要增加营养，一些同学变卖了金首饰和衣物去买营养品。成贻宾苏醒了，大家异常喜悦。他醒来第一件事情依旧是关心时局，同学们悄悄告诉成贻宾南京快要解放了，成贻宾愉悦得目光熠熠，他觉得自己这血没有白流，而他现在身体里还有青年们的热血，内心充满了力量。

在他的病房里，除了自己的同学，还有很多慕名而来的年轻学生，他们来看望心目中的英雄。看到成贻宾躺在床上却目光炯炯，这些来探望的学生也充满了力量。他就是学生们的榜样，他就是年轻人的英雄，一个人活在世界上要轰轰烈烈，尤其要为自己的国家、自己的民族、自己的信仰做一件轰轰烈烈的事情，这才是一个真正的男子汉要做的。成贻宾对前来慰问的大学、中学的学生代表表示感谢，吃力地叙述事情的经过，微笑说反动军警竟把同学们当作威慑敌胆的八路军，还满怀信心地说："我一星期就可以出院!"

成贻宾对彭毓芬说："等我好了，到农村去养一个时期，还可以帮农民识字。"他还打趣地说，"我的头发没有了，你不嫌弃我吧？我可以戴帽子。"对于他的乐观大家都非常欣慰，大家盼着他早点好起来，因为病房外的形势已经逐渐明朗，一个美好的世界正等着他们的到来。

怎料成贻宾却又伤势恶化，当医生征求意见，拟切除脾脏以拯救成贻宾的生命时，他又失去了知觉。医生想尽了办法也是无能无力，彭毓芬一直紧紧地抓住他的手，生怕他一转眼就离开了自己。她心里非常无助，只有抓着爱人的手才能稍微缓解一点自己的恐慌，她吃不下任何东西，就连喝水也是苦涩的。她真想躺在床上的人是自己，这样就不会让自己的爱人再去承受任何的痛苦。对于他的痛苦，她更加感到难受，她从来没有想到自己的爱人会这样子躺在病床上，和死神作殊死的搏斗。她不能没有他，他是自己的一切。自从当年在汜水小镇遇见他，那个闷热的夏天，那个有栀子花香味的夏天，她就觉得自己注定属于这个相貌俊秀的男子了。于是为了他，为了他们的美好生活，她一边帮亲戚带孩子，一边学习知识，做一个成贻宾喜欢的女人。他们的爱情是美好的，也是积极向上的，让她时时刻刻都觉得生活充满了奔头。在他的鼓励和帮助下，她来到了一辈子也没想过会来的南京，在这里求学生活，依偎在他的身边，和他一起看钟山的风景，看人间的冷暖，看冬去春来的变化。她觉得只要有他在，就有整个世界，只要有他的消息，不管在哪里她都是心安的。他就是上天赐给自己的幸福，而她的一生和一切都是属于成贻宾的，他们曾经规划过美好的未来——等到他们都毕业了，他们一起去南方的大城市生活，去看尽人间的繁华，看尽天下的美好，一直牵着手直到老去了没有力气了，他们还可以一起回到那汜水镇上去，种几亩薄田看几卷闲书，这一生就是最完美的了。她不要大富大贵，不要锦衣玉食，只要是和他在一起，哪怕是在穷乡僻壤都是幸福的。

就在成贻宾进入大学之后，他的思想发生了很大的变化，他对于自由和光明的追求越发强烈，彭毓芬此时依旧是支持他的。她知道成贻宾内心的抱负，他先是向往着读书的生活，然后是希望能够学习实际的技术救国，如今则是想通过自己的努力和这时代抗争，为大众去追求光明的道路。彭毓芬虽然担心他的安危，但还是很支持他的，毕竟爱一个人，就要爱他的追求进步的心愿，就是她自己也要成为一个向往光明的人。

即便是在昏迷中，成贻宾也不时用微弱的声音喃喃道："小草不怕暴风雨吹打，人民总是要站起来的！"

但是彭毓芬万万没料到，这竟是她精心护理十九个昼夜听到他说的最后一句话！1949 年 4 月 19 日晨八时二十分成贻宾停止了呼吸，英雄年仅二十二岁，是风华正茂之年，却被国民党活活打死了，彭毓芬悲恸欲绝。但是一切就这样无情地摆在面前，即便是成时清夫妇老泪纵横，即便是从汜水赶来的外公和奶奶几乎晕厥，这一切都改变不了他离开了家人的事实。严主义不敢相信，自己最喜欢的外孙竟然为了革命，为了心中的主义，走在了自己的前面。他们在给成贻宾整理遗物的时候才发现，他将外公托彭毓芬带给他的那张共产党所打的借条还视若珍宝地放在行李箱最隐秘的角落。这是严主义的信仰，也是成贻宾的信仰，更是所有追求共产主义者的信仰。也许正是外公的这一义举，让这颗年轻的心灵坚定了向往和追随共产党的信念。他找到了自己以及这个时代新生的方向——那就是跟着毛主席，跟着共产党。虽然这些话几乎从来没有从成贻宾的嘴里说出来过，然而他一直就是这么做的。也许在更早的时候，从得知大哥成贻典从事革命活动时开始，他这一生就注定与红色的共产主义有了解不开的缘分。

而对于彭毓芬而言，成贻宾走了，似乎她的"上义"就没有了。老人们都劝说她莫要伤心，她以后的路还是很长的。可是对于失去爱人的她而言，成贻宾走了，过去的日子就顷刻间化为灰烬了，以后关于未来的所有计划和憧憬就都是苦涩的梦境。她没有想到上天对自己这样地残酷，对他们的爱这么残酷，在最美好的时候给他们的世界来了个电闪雷鸣和风雨大作。她从来没有想到自己的爱人会这样离开自己，他们想象的许多美好的生活还没有开始，一切就戛然而止了。她现在脑子里满是他写的信，他说的话，他的笑容……一切都满满地萦绕在她的脑海里，从那个夏天开始到这个快要到来的夏天，他们在一起的光阴才短短六年，可是对于她而言，这六年就像是六十年一样全是满满的幸福。她喜欢成贻宾叫自己芬妹，喜欢自己被他男子汉的身躯呵护时的温暖感觉，喜欢他像老师一样开导自己时的严肃，可是这一切都已经化作泡影，这一切给得太少而走得太快。

她这几年懂得了很多的道理，懂得了青年人的责任，懂得了革命的凶险，可是作为成贻宾的爱人，她唯一不愿意懂得为什么是自己的爱人失去了生命？也许这种想法非常自私，但是对于他们甜蜜的青春爱恋来说，这一切不也是上天的残忍吗？所以她一时间感到无尽的委屈和悲凉。不过事已至此，死亡就像是一个巨大的休止符，将时间钉死在这一刻，所有的泪水和哭泣都是没有意义的，所有的悲伤和愤恨也只能事空嗟叹，看着他的尸体，那被病痛折磨的身体，一家人早已是欲哭无泪。奶奶抚摸着自己最疼爱的孙子，就像是他还活着一样和他低声说话。她决意不给孩子穿西装，而是将老家带来的中式寿衣给孩子穿上，送他另外一个世界去，从此不再要为这个浑浑噩噩的旧世界遭受任何的苦难。

父亲成时清这些日子悲伤到了没有任何言语，在他的内心和彭毓芬一样有着公义与私情的挣扎，这种挣扎不是一种选择，而是一种交替的痛苦。但他终于还是抹了抹眼角对家里人说：“成贻宾走了，他是为了大家而失去生命的，我们就更要好好地活着。他和许多的青年人一起为了国家和民族而失去了生命，他们失去生命是为了更多的生命活得更好，他们失去的生命是为了这个国家的新生，所以他们的名字将永远被人们记得，他们不是死去，而是带着自己的信仰获得了新生。”

成时清能做的就是让彭毓芬能够面对现实。当她和家人一起将爱人的尸首放进那棺木的时候，她悄悄将一直以来放在身边的一张纸放到了爱人的手边。这张纸上是几年前成贻宾写给自己信上的内容，她抄写下来一直带在身边，那是成贻宾为自己，为他们的爱，为了所有的年轻人拟定的“新生”十条：

一、一个新生，一定有着新的人生观。新的人生观，是活泼的、乐观的、健全的。

二、一个新生，一定有丰富的学术、丰富的学识，来源于正确的理解、仔细的观察。

三、一个新生，一定是有纪律的生活，严格地律己，忠诚地待人。

四、一个新生，一定有果敢的毅力。要咬紧牙关，不屈不挠地，和黑暗的阻挠斗争。

五、一个新生，一定有高尚的品格，不欺骗人，同时也不欺骗自己。

六、一个新生，一定是勤俭的，能自己做的事，必得自己去做，能省的费用，必得节省。

七、一个新生，一定是乐群助人的。不可自私自利，要随时牺牲自己，为了大众。

八、一个新生，一定是朴实的。不唱高调，不蹈浮夸，而切实地努力于工作和事业。

九、一个新生，一定是爱国家、爱民族的。同时也是爱父母、爱师长、爱一切可爱的人的。

十、一个新生，一定有着高贵的爱情，要始终亲爱、谅解、安慰着甜蜜的爱人。

后记
魂安雨花

“四·一”惨案后，时局风云跌宕。

1949年4月15日，国共双方和谈代表拟定了《国内和平协定（最后修正案）》，并商定于4月20日签字。但国民党政府却拒绝签字。人民解放军按照中央军委的命令，于4月20日晚发起渡江作战，首由中集团在一百余公里的正面上登船起渡，于次日占领铜陵、繁昌、顺安等地。21日，东西两突击集团，在解放区群众的大力支援下，成千上万只木船，以排山倒海之势，浩浩荡荡，横渡长江。他们在强大的炮兵掩护下，击破了国民党军的水上障碍，粉碎了南岸守军的抵抗，突破江防。东集团在突破江防时，江阴要塞国民党守军七千余人，在中共地下党员唐秉琳等人率领下，宣布起义，于是江阴炮台立即掉转炮口向国民党军开炮。至22日，渡江部队均占领并扩大了滩头阵地。至此，解放军百万大军胜利渡过长江。与此同时，四野先遣兵团占领了黄梅、浠水、汉川，牵制了白崇禧所部，配合了第二野战军渡江作战。国民党军鉴于长江防线已全线被突破，于22日下午实行总退却。人民解放军随即发起追击，并于23日解放南京。

毛泽东在北平双清别墅闻讯后，欣然命笔，写下了光辉的《七律·人民解放军占领南京》：

钟山风雨起苍黄，百万雄师过大江。
虎踞龙盘今胜昔，天翻地覆慨而慷。
宜将剩勇追穷寇，不可沽名学霸王。
天若有情天亦老，人间正道是沧桑。

4月21日，中央大学“中大应变会”召开全校大会，发动师生员工加强护校，迎接解放。由于有组织地护校，校内还比较安全，学校生活上也未出现较大的不便，而这次活动是在中共地下党的领导下进行的。中央大学的许多学生在科学馆一楼物理系实验室住宿，以避可能发生的炮火，因科学馆建筑坚固。22日上午，青年学生上街观察形势，虽市面店铺多关门，但街上行人还不少，大队国民党军沿珠江路向东匆忙撤退。22日晚间，听到爆炸声和看见火光，这是国民党留下的特务为制造纷乱，炸毁了几栋房屋。23日清晨，中大附近的南京市警察局撤退，留下不少枪支，听说有警察前来中大报信，参加护校队的同学前去拿取，用作护校武器。23日晚间，解放军从浦口渡江，进驻南京，局面迅速得到控制。有一小队解放军来到中大保护师生安全，护校队学生把从警察局拿来的枪支都交给了解放军。24日开始，接连几日解放军大部队经由南京市区出中山门往苏南一带追击国民党军，中央大学学生会组织的慰问队在大道旁迎送解放军，并组织宣传队上街向群众宣传共产党的政策。自此，昏暗的时代终于见到了胜利的曙光，这一道曙光不仅仅是人民军队将红旗插上了总统府，更是共产党将共产主义送到了每一个国人的心里，这是思想上的胜利，这是辉煌的曙光。

人民解放军渡江成功后，东、中两集团对南京、镇江、芜湖地区南逃之国民党军实行钳形合围。广大指战员不顾疲劳，不畏道路泥泞，不怕饥饿，猛追逃敌，并于28日至29日在郎溪、广德地区将国民党军四个军大部、两个军一部共六万余人包围歼灭。5月3日，第三野战军一部解放杭州，至7日，第二野战军占领贵溪、上饶、金华等城并控制了浙赣线。至此，汤恩伯集团一部逃往福建，主力二十五个师约二十万人退守上海。总前委依据战局发展，决心以第三野战军八个军发起上海战役。部署是：攻城部队分别由浦东、浦西实施钳形突击，直插吴淞，断敌海上退路，迫其投降。5月12日发起上海战役，经激烈战斗，于27日攻占上海，汤恩伯集团除五万人乘军舰逃跑外，十五万人被歼。6月2日，三野一部解放崇明岛，渡江战役胜利结束。共产党的军队以摧枯拉朽之势南下横扫国民党统治区。只可惜先烈们虽然坚信前途是光明的，但是没有能够亲眼看到红旗插上总统府。

南京解放那天，成贻宾去世仅仅四天。

他的遗体被暂时安放在一处寺庙里，那是成时清熟悉的那位老僧人所在的寺庙，也算是给他的灵棺有处安顿。第二年，人民政府、南京市民为三烈士（陈祝三、程履绎、成贻宾）举行隆重的大出殡，成贻宾的遗体第一次安葬于雨花台，时有上万人参加送葬。雨花台历史渊源颇深，早在南梁初年，高僧云光法师曾在此设坛说法，因内容十分精彩，感动佛祖，顷刻间天上落花如雨，因此得名“雨花台”。1927年蒋介石发动“四一二”反革命政变叛变革命到1949年中华人民共和国成立前夕，雨花台变成了国民党屠杀中共党员和爱国人士的刑场，这里洒满了烈士们的鲜血。1950 年，南京人民为了纪念革命先烈，在这里兴建了面积达 1.13 平方千米的雨花台烈士陵园。

墓址在雨花台顶北侧“辛亥革命兵马冢”对面，可俯瞰金陵直至水西门外的长江。南京的大中学生和教育界，在中央大学四牌楼大礼堂前广场通宵集会，为三位死难的烈士隆重地举行入葬和祭奠仪式，翌日恭送成贻宾和程履绎在雨花台安息（陈祝三烈士的遗体当年已送回老家安葬）。追悼仪式上，群情激昂，悼念烈士的《“四・一”挽歌》悲壮激烈地高唱着，响彻云霄：

英勇的烈士啊，英勇的烈士啊，你们为了争民主、为了争取和平，在那蒋匪特的魔爪下，你们英勇牺牲！如今南京解放了，潜伏匪特还没有肃清，我们要记取血的教训，在毛主席的领导下，不松懈、不麻痹，把残余的匪特、走狗彻底肃清，彻底肃清！英勇的烈士啊，安息——安息！

祭奠的第二天，南京七中的学生还到烈士墓周围种下四十九棵松柏，寓意英雄精神长青。

中华人民共和国成立后，雨花台烈士陵园的工作人员通过大量调查，得知有十七座烈士墓分散在陵园内及南京地区。这十七位烈士分别为 1926 年在南京陆军监狱牺牲的张霁帆烈士，曾任南京市委书记的孙津川烈士，1937 年在南京狱中牺牲、安葬于江宁县永安公墓的陈志正烈士，潜伏敌军从事革命情报工作、牺牲后安葬于花神庙公墓的赵良璋烈士，在日军“扫荡”中牺牲、安葬于望江矶军人公墓的邓振询烈士，“北平五烈士”中的丁行、谢士炎、孔繁蕤，《文萃》杂志事件中牺牲的陈子涛、骆何民，“四・一”惨案中牺牲的学生程履绎、成贻宾，还包括卢志英、石璞、宋如海、宋月波、蔡寿民等烈士。1983 年，雨花台烈士陵园将这十七座烈士墓迁往陵园内，统一安葬。烈士墓区为水泥地面，面积约八百平方米，墓冢呈长方形，墓碑面朝东南方向，全由花岗石砌造，墓碑背面刻有烈士简历。墓区正前方有一花坛，花坛中间设有石刻花圈，整个造型朴素、庄严。

是年，成贻宾的哥哥成贻奂来雨花台拜祭，作《悼亡弟成贻宾烈士》诗一首：

记得那年四月，鲜血，
为理想搏斗牺牲，玉缺，
最难忘病榻床偷语勉慰后，
才几天，生离又变成死别。
为此事，三十四年忙碌岁月，推不开心头如丝郁郁，
忆往年，多少旧事，能使心头热，而今都如烟灭。
唯有你英俊音容，青春永如昔。
时光如水向东流，绾不住青丝鬓。
如今齿落二毛生，谁再料又重来为你迁坟。
偏又是落花时节。

雨花台最后一名烈士成贻宾，魂安金陵胜地，守护国家的新生。

雨花忠魂·雨花英烈系列纪实文学

《流火：邓中夏烈士传》　龚　正 著
《落英祭：恽代英烈士传》　徐良文 于扬子 著
《去留肝胆：朱克靖烈士传》　王成章 著
《夜行者：毛福轩烈士传》　周荣池 著
《残酷的美丽：冷少农烈士传》　薛友津 著
《爱莲说：何宝珍烈士传》　张文宝 著
《飙风铁骨：顾衡烈士传》　邹　雷 著
《碧血雨花飞：郭纲琳烈士传》　张晓惠 著
《“民抗”司令：任天石烈士传》　刘仁前 著
《青春永铸：晓庄十烈士传》　蒋　琏 著

《文心涅槃：谢文锦烈士传》　周新天 著
《丹心如虹：谭寿林烈士传》　刘仁前 著
《云间有颗启明星：侯绍裘烈士传》　唐金波 著
《风向与信仰：金佛庄烈士传》　李新勇 著
《栽种一棵碧桃：施滉烈士传》　蒋亚林 著
《雄关漫道：陈原道烈士传》　杨洪军 著
《忠贞：吕惠生烈士传》　辛　易 著
《红骨：黄励烈士传》　雪　静 著
《热血荐轩辕：李耘生烈士传》　张晓惠 著
《世纪守望：徐楚光烈士传》　李洁冰 著

《以身殉志：邓演达烈士传》　王成章 著
《逐潮竞川：孙津川烈士传》　肖振才 著

《生命的荣光：朱务平烈士传》 吴万群 著
《信仰无价：许包野烈士传》 裔兆宏 著
《金子：杨峻德烈士传》 蒋亚林 著
《血花红染胜男儿：张应春烈士传》 李建军 著
《青春祭：邓振询烈士传》 吴光辉 著
《任凭风吹雨打：罗登贤烈士传》 龚　正 著
《红灯永远照亮中国：吴振鹏烈士传》 曹峰峻 著
《青春的瑰丽：陈理真烈士传》 薛友津 著
《长淮火种：赵连轩烈士传》 王清平 著
《青春绝唱：贺瑞麟烈士传》 刘剑波 著
《逐梦者：刘亚生烈士传》 李洁冰 著
《抱璞泣血：石璞烈士传》 杨洪军 著
《新生：成贻宾烈士传》 周荣池 著

《血色梅花：陈君起烈士传》 杜怀超 著
《文锋剑气耀苍穹：洪灵菲烈士传》 张晓惠 著
《红云漫天：蒋云烈士传》 徐向林 著
《在崖上：王崇典烈士传》 蒋亚林 著
《生死赴硝烟：夏雨初烈士传》 吴万群 著
《八月桂花遍地开：黄瑞生烈士传》 辛　易 著
《英雄史诗：袁国平烈士传》 浦玉生 著
《青春风骨：高文华烈士传》 吴光辉 著
《魂系漕河四月奇：汪裕先烈士传》 赵永生 著
《犹有花枝俏：白丁香烈士传》 孙骏毅 著

《向光明飞翔：朱杏南烈士传》 梁　弓 著
《长虹祭：陈处泰烈士传》 李洁冰 著
《浩气长存：周镐烈士传》 胡继云 著
《山丹丹花开：胡廷俊烈士传》 杜怀超 著
《铁血飞雁：赵景升烈士传》 陈绍龙 著